御曹司の溺愛は傲慢で強引なのに甘すぎる

いきなり新妻にされました

★

ルネッタブックス

CONTENTS

Lunetta

プロローグ

なぜ父と母は、わざわざあんな嘘をついたのだろう。

二十五の誕生日を迎えた真白《ましろ》……渡守《ともり》真白は今さらながら、気になってたまらない。

『あなたには許嫁《いいなずけ》がいるのよ。いつか、素敵な王子さまが迎えに来るの』

『そうそう。真白、おまえは城に住む姫君ってわけだ』

ここは現代日本だ。同じ言葉を大人になってから聞いたなら、何を言ってるのお母さん、お父さんも大丈夫？　と、笑い飛ばしたにちがいない。

しかし当時、真白は小学校低学年だった。

そして自宅の裏には、確かに城があったのだ。

大人が肩車をしても覗けない、高い高い壁の向こう。

尖塔《せんとう》を持つ石造りじみた外観に、凝《こ》った装飾のバルコニー。柱や門、窓の格子《こうし》といったもろもろの細部には重厚感ある意匠が施され、とくにステンドグラスとガーゴイルはわざわざフランスから仕入れたものだと、父が自慢げに話すのを聞いたことがある。

内部にも相当な趣向が凝らされていたらしいが、真白は知らない。

両親が所有するその城に、ひとり娘である真白が足を踏み入れたことはなかった。

いつか時が来たら移り住める、そうしたら王子さまが迎えに来ると、信じていたのだ。

——姫君なんかじゃない。

王子さまだって、ついぞ迎えに来なかった。

そもそも許嫁だなどと、子供騙《だま》しにもほどがあるだろう。

単にからかったのか、あるいは何かを誤魔化《ごまか》すために致し方なく言ったのか。

一年前、両親が事故に遭《あ》って亡くなるまえに聞くべきだったと、後悔している。


「ねえねえ真白ちゃん、ちょっといいかしらぁ？」

受付カウンターの内側で名簿を捲《めく》っていたら、皺《しわ》っぽい顔がずいと覗いた。

ハッとして顔を上げると、高齢女性たちがわらわらと群がってくる。皆、手にはパッチワークのレッスンバッグを提げていて、布やら裁縫道具やらが溢《あふ》れるほど入っている。

「あ、はいっ。いかがなさいましたか」

大人向けカルチャースクール『アマリリス』では、授業ひと枠九十分。午前のふた枠を終えて、休憩やら人の入れ替えやらで、受付のあるビルの一階は正午がもっとも人で混み合う。

「真白ちゃんにね、お話があるのよぉ」

「わたしに……ですか？　新規レッスンのお申し込みでしたら、こちらの用紙にご記入を」

カウンターの下に置かれた書類ケースに手を伸ばすと「ちがうのよぉ」とおばさまは言う。

「真白ちゃんにね、うちの息子に会ってもらいたくって！」

片腕を下げたまま固まって、真白は密かにうろたえる。まずい、まただ。

何故だろう。二十代半ば、彼氏なし、大した出逢いもなさそうだと察した途端、年配のおばさまたちはたびたびこうしてご縁を持ってくる。

ありがたいとは思う。赤の他人にもかかわらず、ここまで気にかけてもらえて。

しかし真白には今のところ、結婚願望はあまりない。いや、男女交際にもさほど興味はない……というより、できれば遠慮したい。男女の生々しい関係こそ、とくに。

「いいわねえ！　真白ちゃんがお嫁に来てくれたら、一家安泰って感じよね」

真白がフリーズしていることには気づかず、おばさまたちは口々に言い合う。

「ほんと！　控えめだし、お化粧も上品で、しかもにこやかだもの」

「そうね。長い黒髪も日本人形みたいで、いまどき珍しい大和撫子《やまとなでしこ》ってやつね」

ものは言いようだ。

よく言えば、大和撫子。悪く言えば、真白は自己主張ができない。

外見的にも、性格的にも。

「ね、お願いっ。うちの息子、隠し撮りした真白ちゃんの画像を見たら気に入っちゃって」

勝手に写真なんて撮らないでほしかった。

やんわり注意したいが、声にならない。喉の奥が、徐々に狭くなっていく。

「あら。例の恰幅《かっぷく》のいい外科医の息子さん？」

「ええそうよ。バツイチだけどまだ四十代、男としては脂《あぶら》が乗った稼ぎどきよ。ぜひ会って。来週末、ホテルツジクラ東京のラウンジなんてどう？」

「いいじゃない！　老舗のツジクラでお食事だなんて。それだけで行く価値があるわ。真白ちゃん、出産適齢期なんだし、早くご両親を安心させてあげなきゃっ」

「い、いえ、その……」

水を向けられ、どうにかそれだけ絞《しぼ》り出したものの、続く言葉が出てこない。

妙な汗が背中を伝って、頭の先から血の気が引き始める。

どうしよう――どうしよう。

悩むほどに、真白は狭く暗いところに封じ込められていく感覚に陥《おちい》る。

いつもこうだ。

自分というものを表に出そうとするとき、真白はたいてい固まってしまう。

態度に出せない。言葉にならない。気づけばいつも、余計なことを背負い込んでいる。

「ところで、明日のフラダンス講座、誰か来るぅ？」

輪の中で誰かが言えば、全員の視線が一気にそちらに集まった。

「フラ？　誰かいた？」

「フラなら真白ちゃんが一緒でしょ？　生徒数が足りなくて入ったとか」

「まあ。社交ダンス講座と明治の洋館講座にもいたわよ、真白ちゃん」

「テーブルセッティング教室とフラワーアレンジ、あと木工と写経、着付けもよね。すごいわ、多才だわぁ、真白ちゃん。そうだ、私、このあとパッチワークの布を買いに行くんだけど」

「オザワヤ？　私もご一緒させてぇ」

「いいわね。買い物のあと、お茶しない？　お茶っ」

「賛成ー。じゃあね、真白ちゃん」

転がりに転がって別方向へ進んでも、すとんと着地する怒涛《どとう》の会話が見事だ。

真白は慌《あわ》てて「お疲れさまでした！」と頭を下げたが、姿勢を戻したときにはもう、自動ドアの向こうにすらおばさまたちの姿はなかった。

(断れなかった……。大丈夫かな、息子さんに会う件)

はあ、とため息をひとつ、真白は開きっぱなしになっていた名簿を閉じる。

次におばさまたちと顔を合わせたときは、きちんと断ろう。待ち合わせ場所も時間も決めていないから、まだ断れると思う。断れる……いや、本当は、まったく自信がない。

しゅんとしたまま、カウンターに『受付時間外』の立て札を出し、事務所へ戻った。

「……お弁当でも食べて、気を取り直そ」

午後の授業まで一時間、受付兼事務員の真白も昼休憩の時間だ。

今朝、スープジャーに仕込んできたペンネが食べ頃になっているはず。以前、時短お弁当講座で習ったメニューだ。各種講座には当初、人数が足りないときの数合わせとして（断れず）参加し始めたのだが、今では日々の楽しみとして欠かせないものになっている。

真っ直ぐにデスクへ向かえば、パソコンのモニタに付箋《ふせん》がついていた。

『ピラティス講座レッスン振り替えの連絡、生徒二十人に十二時半までに』

十二時半。

あと十五分しかない。

「うそ」

今日はお弁当を食べながら、レシピ動画でも観ようと思っていたのに……などと、たとえここに他の社員がいたとしても言えない真白は、半泣きでパソコンの電源を入れた。

さんざんな誕生日だ。


真白だって、誕生直後から産声を遠慮するほど自己主張を知らなかったわけじゃない。

イヤイヤ期にはイヤイヤ言ったようだし、思春期には人並みに親と口をきかなかった。と、いうより思春期、真白は両親と一緒に暮らしていなかった。どうしてもここは嫌だと自宅を飛び出し、以来、大学入学までの六年間を祖母の家で過ごしたのだ。

『あなたには許嫁がいるのよ。いつか、素敵な王子さまが迎えに来るの』

『そうそう。真白、おまえは城に住む姫君ってわけだ』

あの言葉を、信じていた時期があった。

西洋のおとぎ話に出てきそうな造りの、洒落《しゃれ》た城。

車の出入りが激しいから近づかないように、と言いつけられていたものの、そこも自宅の一部なのだと真白は理解していた。なにせ父や母、そして父と母の言うことをよく聞く家来のような人たちが、たびたび出入りしているのを見ていたのだから。

ひょっとして、あの城の中には騎士や護衛の人たちが住んでいるのかもしれない。つまり姫君を城の外の一見して普通の民家に住まわせることで、敵の目を撹乱《かくらん》するというわけだ。

しかし一向に、敵なんて攻めてこない。

屈強な騎士たちが城内に詰めている様子もない。

そして真実にようやく気づいたのは、小学校三年生の頃だった。

『きゅうけい二時間、六千円！』

立て看板を読んだ同級生男子に、そう、からかわれたのがきっかけだ。

『ねえママ、パパ、きゅうけい二時間ってなに？』

尋《たず》ねた真白に、両親は少々困ったように顔を見合わせた。

そしてもう隠し続けるのは無理だとわかったのか、うちはラブホテルなんだよ。カップルがふたりきりで仲良くするための場所なんだよ、と説明してくれた。

ふたりきりで仲良くする。オブラートに包まれたその言葉の意味も、ほどなくして同級生男子から聞かされた。城のてっぺんから落ちたと思うほど、ショックだった。

そんなに恥ずかしい商売に、両親が携わっていたなんて。どうして、よりによって自宅裏に破廉《はれん》恥《ち》な施設を造ってしまったのか。どうして、それで稼ごうなどと考えたのか。

不潔だ。恥ずかしい。どうかしている。

自然と人目を気にし始めた真白を余計に追い詰めるように、四年生、五年生……と噂はますます広まった。

『渡守んち、ラブホなんだって。えろーい』

男子たちがひっきりなしに揶揄《やゆ》してくるから、友人たちも耐えきれなくなったのだろう。

仲の良かった女子たちにも徐々に距離を置かれるようになり、六年生になったときにはひとりぼっちだった。陰口を叩かれようと、誰も庇《かば》ってくれなかった。

『渡守さんってビッチなんだって。友達のカレシがね、誘惑されたって』

『えー。確かに、清楚ぶってるっていうか、自分のこと可愛《かわい》いって自覚してるよね』

『だってラブホの家の娘だもんね。絶対、ヤりまくってるよ』

根も葉もない噂だ。しかし当時、垢抜《あかぬ》け始めていたのがあだとなって、それまでほとんど関わりのなかった同級生たちからも爪弾《つまはじ》きに遭った。

教室でもひとり。

放課後もひとり。

両親には、言えなかった。

どんな商売であろうと、それで稼いだお金で養われている。感謝していた、というより、そんな汚いお金で食うに困らぬ生活をしている自分だって、汚いと卑下《ひげ》してさえいた。

それに真白にはまだ、縋《すが》れるものがあったのだ。

『あなたには許嫁がいるのよ。いつか、素敵な王子さまが迎えに来るの』

母は教えてくれた。真白を産んだ市内の病院で、同時期に出産をした女性がいたこと。同じく娘を出産したが、あちらは夭逝《ようせい》してしまったこと。慰めるうちに仲良くなったこと。

どうやら彼女の夫は巷《ちまた》で『王』と呼ばれる人物で、当時七つになる『王子』を育てていたらしい。

母親の見舞いにやってきた彼を目にして、母はなんてきれいな少年だろうと驚いたという。

『女の子みたいに目がぱっちりしててね、口角の上がった唇に美形の片鱗《へんりん》があったわ』

そして真白は、その王子さまに抱っこをしてもらったらしいのだ。

昼夜問わずよく泣く赤ちゃんだった真白だが、その王子さまに抱っこされたときだけはぴたっと泣き止み、嬉しそうに笑った――ように見えたそうだ。

そこで両親は『運命かも』と考え、許嫁にした……という、つまりそういう経緯らしかった。

男子たちにからかわれるたび、女子たちに背を向けられるたび、真白はいつか助けに来てくれるはずの王子さまを待った。

何も言わなくても、彼ならわかってくれる。きっと、来てくれる。信じていた。

(王子さまに会えれば、わたしは孤独でなくなる。彼が、この環境から救い出してくれる)

しかし王子が迎えに来る気配は、一向になかった。

父に「いつ王子に会えるの」と尋ねても、母に「会わせて」と催促しても「今、忙しいから」とか「時間があるときに、ちゃんと話すから」などと誤魔化され、はぐらかされて……。

耐えきれなくなったのは、六年生の夏休みが明けた日。

真白の机と椅子だけが邪魔そうに、教室の隅に寄せられていたのを見て、ぷつんと切れた。

『お父さんとお母さんの嘘つきっ。王子さまなんて、本当はいないくせに！』

ラブホテルが原因で周囲から孤立していることも、ラブホテルなんて見たくも近づきたくもないことも、不潔な商売だと思っていることも、そのとき一挙にぶちまけた。

父と母は、ひどく驚いた顔をしていた。

『ごめんね、真白。苦しんでいたのに気づけなくて……。でもね、王子さまは本当に』

『やめてっ。二度と聞きたくない!!』

母は何やら説明しようとしたようだが、真白はもう何も聞きたくなかった。耳を塞ぎ、その場にしゃがみ込んで拒否をした。泣きに泣いて、過呼吸になっても、両親の手を振り払って。

そしてそれっきり、王子さまの話はされなくなった。

というより、両親と向き合うのをやめてしまったのだ、真白は。

小学校卒業を待って、祖母の家での下宿を始めた。

もともと祖母は大学生向けの下宿を営んでおり『そんなにつらいならおいで』と、呼んでくれたのだ。おかげで誰も渡守家のラブホテルを知らない環境で、中学に入学できた。

以来、真白は実家について、ひた隠しにした。

長い休みにさえ、地元には戻らなかった。

両親とは徐々に話すようになったが、ラブホテルだけは二度と直視したくなかった。

隠して、誤魔化して、そんな気配すら察知されないように振る舞って……相当、無理をしていたと今は思う。だが、仕方がないだろう。だって、誰も助けてはくれないのだ。

王子さまは、迎えに来ない。

自分を守れるのは、自分だけしかいない。

そうして隠し続け、己を徹底的に押し込めた結果、真白はいつの間にか『自分』を、すっかり表に出せなくなっていたのだった。


ピラティス講座の受講者への連絡は間に合ったものの、真白は昼食抜きで休憩を終えた。

空腹のままギリシャ神話講座に生徒として出席し、その間に溜まった雑務を追って片付け、どうにか仕事を終えたのは、定時を二時間も過ぎたあと。

「今日もありがとうございました。お先に失礼します……」

守衛に挨拶《あいさつ》してから、ビルの裏口を出た。

感謝の言葉だけは、必ず口にするよう心がけている。

自分をさらけ出すのがどんなに苦手でも、感謝だけは。伝えられるときに伝えなければ、突然伝えられなくなってしまうことだってあるのだから。

(はあ、お腹すいた……。ケーキ、どこで買って帰ろうかな)

いや。どの店もこの時間ではもはや、売れ残りしかないだろう。真白は肩を落とす。

二十五歳になったら、何かとても素敵なことが起きる気がしていたのに。そう、なんとなくだが。

十八でも二十でもなく、二十五の誕生日にこそ奇跡が起こると――。

トボトボと細い路地を抜け、大通りに出る。

駅へ向かうには『アマリリス』のビル前を通るのが一番の近道なのだ。すると沿道に、見たこともない大きさの黒塗りの車が停まっていた。

「リムジン……？」

結婚式か何かで使われたものだろうか、と真っ先に思う。

なにしろ、後方ドアの脇には白手袋を嵌《は》めた、燕尾服《えんびふく》姿の男が立っている。

まるで執事といった体《てい》だ。現実に執事なんてそうそういるはずがないから、そういう趣向の演出なのだろう。撮影などが、ひょっとしたら車内で行われているのかもしれない。

晴れの日の映像に、通行人が映り込んではせっかくのお祝いに水を差しかねない。

小さくなって歩道のビル側をこそこそ進んでいると、気づいたように燕尾服の男が顔を上げた。

早足で、近づいてくる。

「すっ、すみません、すぐに退《ど》きますのでっ」

邪魔をしてしまったのだと思った。

反射的に後ずさると「いいえ。大変不躾《ぶしつけ》ですが」と男は窺《うかが》うように言う。

「渡守真白さんでいらっしゃいますか」

まさか初対面の相手にフルネームを呼ばれるとは思ってもみなかった。

もしかして、『アマリリス』の新規の入会希望者だろうか。いや、このいでたちでカルチャースクールへの申し込みにやってくるなんてありえないだろう。ためらいながらも、真白は頷く。

「は、はい……」

「ああ、よかった！　あやうく声を掛けそびれるところでした」

男はひどく安心した様子で、軽く頭を下げながら右手を己の胸にあてがった。

「新川《しんかわ》と申します」

「……しんかわさん……？」

「ええ。わたくし、とある方の邸宅で執事を務めております。あなたをお迎えに上がるよう、主人から申しつかりました。と、申し上げればもうおわかりでしょう。さあ、どうぞ」

そんなふうに言われても、真白にはさっぱり思い当たる節がない。

ぽかんとしている間に、新川はリムジンのドアを優雅に開く。手品師がタネも仕掛けもありません、と箱の蓋《ふた》を開くときのように。

途端、真白の足先に赤いものが一片、ひらりと舞い落ちた。花びらだ。見れば、リムジンの座席の奥には大きな薔薇《ばら》の花束が置かれている。

「え……えと、これは」

「主人から真白さまへの歓迎のしるしです。ささ、お乗りください」

「あ、あの」

困ります。

何かの間違いです。

そう、咄嗟《とっさ》に言える真白ではない。

「お足もとにお気をつけて。ああ、扉は私がお閉めいたします。真白さまはシートベルトを」

うろたえているうちに後部座席に収められ、車は発進してしまった。

息継ぎもできないうちに、見慣れた夜景がみるみる遠ざかっていく。比例して、真白の顔は青ざめていく。何が起こっているのだろう。わからないが、非常にまずい状況だということだけは理解できた。どうしよう。今すぐに降りなければ。いや、だが、どうやって？

（誰か助けて。誰か……っ、お祖母ちゃ——ん……！）

唯一の肉親を心の中で呼ぶも、真白は動けない。

車内には薔薇の香りが漂い、優雅にパッヘルベルのカノンなんて流れているから、余計に怖かった。どうか、ドッキリ番組の収録でありますように、と祈る。

だって架空の設定でなければ、主人だとか執事だとか、時代錯誤としか思えない。そもそもこのリムジンが個人所有だとして、所有者はただ者じゃない。

そうだ。最悪、カタギではない可能性だってある。

ヤクザの親玉のところに連れて行かれ、強制的に愛人にされる想像をして、真白は今にも気を失いそうだった。

1　婚姻届に判を……これって事故ですよね？

どうしよう、逃げなきゃ。信号で車が止まったら、ドアを開けて飛び降りよう。

真白《ましろ》は決死の覚悟でそう決めていたのだが、リムジンは一向に止まらなかった。

大通りから横道に逸《そ》れると緩やかな坂道になり、クネクネと上を目指すこと三十分。逃げるタイミングが掴めないまま平坦な道に戻ると、見えてきたのは大きな洋館だった。

車止めを有する荘厳なファサードに、よく手入れされた植え込み。オレンジ色のライトにぼんやりと浮かび上がる佇《たたず》まいは、ひたすら重厚だ。実家のラブホテルと違い、本物の石造りであることは言わずもがな――。

そちらに目を奪われている隙に、車は停車していたらしい。いきなりドアが開いた。

「ようこそお越しくださいました、真白さま！」

揃った声が耳に飛び込んできて、真白はびくりと固まる。

リムジンの外、明るい空間に人人人……メイド服姿の女性たちが何十人も並んでお辞儀をしている。ヤクザの邸宅というより、西洋のマナーハウスといった感じだ。

（何、ここ）

竦《すく》んで動けない真白の前に、運転席から降りた新川《しんかわ》がやってくる。

そして、にこやかに「参りましょう」と促した。

「主人がお待ちです」

優しい笑顔だったが、真白は圧力のようなものを感じざるを得ない。

恐る恐る降車すれば、屋敷の中へと伸びる赤絨毯《じゅうたん》の左右には、メイドたちがずらりと並んでいて逃走経路もなかった。完全に詰んだ状態だ。仕方なく新川のあとに続く。

すると屋内は現代日本とは思えないほどアンティークな趣《おもむき》で、高い天井、柱の装飾、扉の彫刻……どれをとっても本物らしい説得力が感じられた。

(ヤクザっぽくはないけど、ご主人って本当に、何者なの)

焦《あせ》った頭で想像できるのは、超高齢の男性ばかりだ。

政界のドンだろうか。あるいは経済界の大物？　そんな人に、どうして呼び出される？

冷や汗をかきながら通されたのは、二十畳ほどの客間だ。部屋と同じ大きさのペルシャ絨毯が敷かれていて、続き部屋があるのだろう。左右の壁にも扉があった。

「こちらで少々お待ちください」

「えっ、あっ」

どういうことなのですか。説明してください——という叫びは、胸の中でだけ。

ひとり残された真白には、びくつきながら室内の様子を窺《うかが》う以外、できることはなかった。

(元華族の屋敷とか……だよね、きっと)

廊下側の壁には、エキゾチックなタイルで装飾された暖炉。

部屋の中央に置かれた木製のテーブルセットは席数が十二。会議でもできそうだが、それにしては全体の雰囲気が可愛《かわい》らしい。小さなラズベリー模様の壁紙のせいだろう。

そこにメイドがふたり、ティーワゴンを押しながらやってくる。

「失礼いたします。夜ですから、ノンカフェインのディンブラをお淹《い》れしました」

テーブルの上に紅茶を置かれて「ありがとうございます」と反射的に頭を下げれば、次に視線を上げたとき、開かれた扉の向こう、廊下に長身の人が立っていた。

「待たせてすまない」

嫌味なく通る低い声。

彼は新川を傍《かたわ》らに従えているものの、主人と言うにはあまりに若かった。

磨き上げられた革靴に、長身細身を際立たせるタイトなスーツ。仕立てのいいジャケットには皺《しわ》ひとつなく、青みを含んだグレーの色味が白い肌にしっくりときている。

斜めに流した前髪も、はっきりした二重の強い瞳も、形のいい唇も、単純に整っているというだけではない。もれなく華があって、どこかガラス細工めいているのだ。

まさに、おとぎ話の中の王子さまのよう。

(こんなにきれいな男の人、この世にいるんだ……)

見惚《みと》れて動けずにいると、

「俺のほうは記入済みだ」

と言って、男はテーブルの上に茶色で印字された紙を置いた。

続けて胸ポケットから銀色の軸のボールペンを取り出し、真白に直接差し出す。ぼうっとしたまままそれを受け取り、テーブルの上に目を落として、ぎょっとしてしまう。

婚姻届。

「こ、これっ……」

「どうした？　書かないのか」

書かないのか、と言われても。

意味がわからない。彼は何者で、何故、結婚？　連続ドラマをまるっと一話、見逃したかのような置いてけぼり感に、真白はボールペンを握ったまま立ち尽くしてしまう。

いっぽう男は、困惑《こんわく》しきりの真白をじっと見下ろしていた。まるでずっと欲しかったものがやっと手に入ったような、隠しきれない高揚に、すこし安堵《あんど》の入り交じった視線で。

傍らの白手袋の男に「夕生《ゆうせい》さま」と肘《ひじ》でつつかれ、はっとしたようにやめたが。

「座ってくれ」

咳払《せきばら》いをひとつ、男は自ら椅子を引き、真白を促す。

断れず、窓を背にして腰掛けると「やっとだな」と彼は言った。意味がわからなかった。

「書いてくれれば、提出はこちらでしておく」

「え、えと」

「ああ、印鑑か。それならすぐに取りに行かせる。場所だけ教えてくれ」

「そ」

そういうことではない。

なぜ彼は、すでに決まったことのように話を進めようとするのか。それともやはり、状況を把握できていないのは、この場で真白だけだとでもいうのか。

「そ？　なんの暗号だ」

「……っ」

「なんなんだ。言いたいことがあるなら、はっきり言え」

苛立《いらだ》った様子で急《せ》かされ、真白は縮こまる。

はっきり言えたら、どんなにいいか。己に発破《はっぱ》をかけようと、両手を握りしめてみたが無駄だった。喉の奥はカラカラで、張り付いたきり。渋滞した言葉がそこに溜まって、吐きそうだ。

するといよいよ我慢ならなくなったのだろう。

男性は真白の正面の席に腰を下ろし、目を眇《すが》めた。

「俺には話すまでもないということか」

「……い、いえ、」

掠《かす》れた声で否定することしかできない自分が、情けなくも悔しかった。

どうして、いつまでも抜け出せないのだろう。父も母もこの世にいない。ラブホテルだってもう営業していないのに、本音が言えない。これでは自分だけが過去に取り残されているかのようだ。

重い気持ちに引き摺られて俯《うつむ》きかけると「おい」と呼ばれた。

「は、はいっ」

「ご両親のこと、本当に残念だった。葬儀に参列したかったんだが、親族だけで内々に済ませたそうだな。一年経って、すこしは落ち着いたか？」

「……え」

何故それを。

真白はますます混乱した。

父と母が亡くなったことを知っている？　すると、父と母の知り合いなのだろうか。だが、それで何がどうなって婚姻届に繋がるのか、やはりわからない。混乱のあまり視線を定められずにいると、見兼ねたのか新川が「失礼ながら」と割って入った。

「夕生さま、真白さまはどうやらお困りのご様子です。何も説明せずにお連れしてしまいましたし、まず、順を追って説明すべきではないでしょうか」

「説明も何も、二十五になれば俺が迎えに行くという話は両親から聞いていたはずだ」

「わたくしもそう思っておりました。ですが、困っておられるのは事実です」

穏やかに微笑んで「主人の顔に、見覚えは？」と問われ、真白はゆるゆる頭を振る。

「すみません……」

「ああ、そんなに恐縮なさらないでください。主人は辻倉《つじくら》夕生と申します。ツジクラホテル＆リゾートグループの御曹司だと申し上げれば、ご理解いただけるでしょうか」

「ホテル……ツジクラ」

彼の名前はさておき、そのホテルを知らないわけがなかった。

ホテルツジクラといえば、日本で一、二を争う老舗の高級ホテルグループだ。今日、おばさまたちも騒いでいたように、お食事だけでも行ければ鼻高々、という場所。

本当だろうか。

信じられない気持ちの裏側で、それならばこの暮らしぶりにも納得がいくと思う。

新川は続けて、書棚から雑誌を取り出してくる。

頁《ページ》を開いて渡されると、夕生の顔写真付き記事が載っていた。

ツジクラグループ創業者一族の嫡男《ちゃくなん》にして、ホテルツジクラ東京の革新的総支配人——。

「……」

真白は無言で、写真と夕生を見比べる。

間違いない。彼だ。茫然《ぼうぜん》としてしまう。平凡な生活をしていたら、到底縁のない雲の上の人が目の前にいる。夢？　いや、これはどちらかと言うと、やはりドッキリの撮影だ。それはそうだ。彼のようなセレブが、真白と結婚しようなんて現実ではありえない。

カメラはどこに……と周囲をきょろきょろ探していると、察したように新川は言った。

「お父さまとお母さまから、許嫁《いいなずけ》がいる、とお聞きになったことは？」

思わずパッと顔を上げた。

「い、許嫁」

聞いたことがないとは言えない。

まさか、と動揺が胸に広がっていく。まさか——。

父と母が言っていたことは、本当だったというのか。

真白は城に住む姫君で、いつか王子さまが迎えに来るという、あの話。

(嘘じゃなかったの……?)

瞳を揺らす真白を、夕生が訝《いぶか》しげに見ている。大きな、アーモンド型の目だった。

もし、両親が言っていた許嫁が、彼なのだとしたら。ここにいるのは真白が小学生の頃、毎日待って待って、待ちくたびれて、失望とともに諦めた相手にほかならない。

「……王子さま……」

呟《つぶや》けば、不可解そうな口調で「王子だと?」と問い返された。

わずかな沈黙。やはり気遣わしげに「僭越《せんえつ》ながら」と割り込んだのは新川だった。

「夕生さまもご存じでしょう。巷《ちまた》で、ご自身がそう呼ばれていることを」

「知るか。興味もない」

「まったく、あなたという人は。とことん知るか、目もくれないかの二択なんですから」

「早く続きを話せ」

「かしこまりました。夕生さまのお父上は、巷で『ホテル王』と称されております。ツジクラグループを束ねる立場でいらっしゃるわけですから、当然の評価でしょう。そして王のご子息である夕生さまは、つまり王子というわけです」

くだらん、と夕生は面倒そうにぼやいた。

「そうでしょうか。夕生さまは容姿端麗、上流階級にふさわしい威厳、カリスマ性、そして知性を兼ね備えておいでですから、言い得て妙かと。実際は御曹司でいらっしゃいますがね」

ああ、それで、王子と母は言ったのかと、腑《ふ》に落ちた思いだった。

王子さまの父親が王と呼ばれる人であるという話は、耳にしたことがある。

（本当に……本当なの？）

真白は茫然と、テーブルの向かいの麗しい人を見つめる。彼が、王子さま。真白の孤独をわかってくれる人。真白を孤独から救ってくれる人。そう考えて、ふるっと頭を振る。

いや、信じちゃいけない。

仮に、彼が王子さまだったとして、どうして当時、迎えに来てくれなかった？　ああ、ちがう。

先ほど言っていたではないか。真白の二十五の誕生日に、迎えに来る約束だった、と。

夕生は律儀に、今日という日を待っていたのだ。

では両親は何故、その期日を教えてくれなかったのか。小学生の頃、幾度も尋ねたではないか。

もしや二十五なんてまだ先の話で、小学生である真白には想像もつかないだろうから？

そうかもしれない。でも、それならもっと成長してから、大人になった真白にはきちんと教えてくれても良かったのに……と、そこまで考えて、悔いるように思う。

父も母も、話そうとはしていた。

嘘つき！　と叫んだあの日から。

しかし真白は、すこしでも許嫁の話が出そうになると拒否した。嘘だ嘘だと耳を塞いで、両親の言い分を一切聞こうとしなかった。

「とにかく書け。明日、提出する」

もどかしそうに言う夕生を前に、真白はまだ目の前の出来事を受け入れられない。

「ほ、本気ですか？」

ようやく、まともに発せられた言葉がそれだ。

「冗談で婚姻届が書けると思うのか」

「そういうつもりじゃ……。だって、両親同士で決めた結婚ですよね。あなたの気持ちは」

「あなた、ではない。夕生だ」

「ゆ、夕生さん……？」

途端、夕生はテーブルに頬杖をついた。その手で口もとを隠し、不自然にそっぽを向く。気の所為《せい》か、耳が赤い。

新川は思わず、といったふうに背を向け、笑っているのか泣いているのか小刻みに肩を揺らしていたが、そちらを気にしている余裕は真白にはなかった。

「その、夕生さんが、ご無理をなさる必要はないのでは……と」

か細い声を震《ふる》わせながら、訴える。

「我が家と縁続きになったところで、夕生さんにも、夕生さんのご家族にも、メリットなんてありませんし。むしろデメリットしかありませんし……」

頭の中には、実家のラブホテルがチラついていた。

彼も彼の両親も、きっと知らないのだと思った。真白の実家でいかがわしい商売をしていたこと。知っていれば誰だって、縁続きになろうとは考えないはずだ。

教えてあげたほうがいい。

だが、声にならない。

すると夕生は真白の考えを読んだように「メリットなど期待していない」と言った。

「おまえの実家の商売に関しては把握している。ラブホテル経営者の娘だ、と」

「ご、ご存じなんですか、うちの商売のこと」

「もちろん知っている。知らないわけがないだろう。結婚相手のことだ」

「ご、ご存じなら、どうして……」

どうして断らないのか。

真白の精神はいよいよ混乱を極めた。

「いいんですか？　わたしの実家は、ツジクラのように由緒正しく健全で、高級で、世間に胸を張れるようなホテルではなかったんです。い、いかがわしい商売で……ですから、天下のツジクラさんと親戚になろうなんて、おこがましいにもほどがあるでしょう」

「いかがわしい？　どこがだ」

「どこがって、ラ、ラブホテルですよ？」

「ああ。ラブホテルのどこが、そんなにきみを卑屈《ひくつ》にさせるのかわからない」

予想外の言葉だった。

真白は真っ直ぐ、夕生を見つめ返したきり動けない。

「ホテルはホテルだ。利用料金に差があろうが、営業形態が異なろうが、大差ないだろう」

「大差ない……？」

「宿泊するにせよステイするにせよ、そこに切り取られるのは人々の生活の一部だ。生殖行為も欠かせぬ生活の一部で、それに特化した場所の何がいけない？　健全そのものじゃないか」

さも当然という口調に、真白は息を呑《の》んだ。

生殖行為もまた、生活の一部。

（そう……なのかも、しれないけど）

極論なのでは。いや、真理なのか。

なんにせよ真白はホテルというものに関して、そこまで深く考えたことはなかった。

まるで貧血のときのように、目の前に小さな星がぱちぱちと瞬く。

「断る気はない」

改めて、というふうに夕生は言った。

「俺はおまえと結婚する。そういうものだと思っている」

傲岸《ごうがん》な口ぶりに「夕生さま」と新川が呆《あき》れたように呼ぶ。

言いたいのはそんな言葉ではないでしょう、とでも言いたげに。

「新川は黙っていろ」

「失礼いたしました」

新川は一歩下がる。夕生の視線が真白を捉える。

「で？　おまえはどうなんだ」

「わ、わたし……？」

「先ほどから聞いていれば、おまえは斟酌《しんしゃく》ばかりして己の考えをさっぱり明かさない。俺との結婚を意識していなかった点、両親から必要な情報を与えられていなかった点も察したが、おまえはこの結婚に関して現在、どう考えている？　俺が知りたいのは、おまえの意思だ」

真白はぎくりとした。

自分事を語らないことを、指摘されたのは初めてではない。しかしこんなふうに、面と向かってそこが気に入らない、どうにかしろとばかりにせっつかれたのは初めてだった。

「そ、の」

「俺が結婚相手では不満か」

「そんな、まさか」

「では、この屋敷か。おまえ好みではなかったか。和風建築がいいのか。具体的に、これでなければという建築様式があるなら言ってみろ」

「え、え」

「言えないのか。ならば何が気に入らない？　メイドの人数か。立地か。新川の態度か」

矢継ぎ早に、取り調べのように片っ端から質問を浴びせてくる夕生に、新川は呆れ顔だ。

彼がため息をついたことでタイミングを掴み、真白は決死の覚悟で答えを搾り出した。

「こ、この短時間で、そこまで判断できる方は、いらっしゃらないのでは」

「判断する時間が足りないと？　それは一般論だ。おまえの考えじゃない」

耳に痛いほどの正論だった。

「もう一度言う。俺は、おまえの心に問うている」

丁寧に、一音ずつ置くように言われ、真白の心臓はきゅうっと縮む。

泣きたいくらいだった。泣けるものなら。

虚《むな》しいことに、真白は人前で怒ったり泣いたりするのも苦手だ。己の感情を察してほしいときに
そうするのなら、なおのこと。それなのに夕生は、じっと真白を見ている。

徹底的に、本音を掴み出そうとするように。

「許嫁がいると聞かされて、一度も真に受けなかったのか？　そのとき、前向きに考えたことは？

王子と言うからには、すこしは期待していたんじゃないのか」

「そ……の」

「でなければ、期待外れだったか、だな。王子がこれで、がっかりしたとか」

「……っ」

真白はぶるぶると頭を左右に振った。

がっかりなんてするはずがない。夕生が『王子さま』だなどと、恐れ多いくらいだ。

「すると、……いるのか？　ほかに、想う男でも」

それまでの矢継ぎ早の質問とは打って変わって、ためらいがちな声だった。

寂《さび》しげなその響きに、真白はさらにかぶりを振る。

「ふうん」

夕生は腕組みをする。

直前の曇った声と比べれば、わずかに明るいトーンだった。

「では、おまえにとってのこの結婚に関する懸念は主に『短時間では判断できない』という一点に絞られるわけだな。一般論だが、まあいい。今回に限り採用してやる」

思わず顔を上げた。

「……へ……」

諦めてくれた、のだろうか。

わずかにホッとした真白だったが、夕生はテーブルの上の婚姻届をずいと押し出してくる。

「書け」

「は……？」

「今すぐこの紙に記入しろ。結婚は決まりだ」

ぽかんと口を開ける真白に対し、夕生は満足げに口角を上げていた。

「なんだ。躊躇《ちゅうちょ》する必要はないだろう」

「……は、はい？」

「会ってから間もないのは今日だけだ。明日は二度目、明後日は三度目。そうして、これから知り合えばおまえの懸念はきれいに払拭《ふっしょく》される。それだけの話だ。問題なんてないじゃないか」

暴論だ。

会ってから間もないのは今日だけ？　だから結婚して、長い時間を過ごせばいいと？　そんな無茶な話があるだろうか。だが、真っ向から否定する気にはなれなかった。無茶だが、一理ある気もしてしまったのだ。彼があまりに自信満々な顔で、そう言うから。

「さあ、早く」

待ちきれない様子でボールペンを握らされる。

だめだ。書いたらいけない。と思う反面、真白は揺れていた。

頭の中を、ついさっき、聞いた言葉がぐるぐると巡る。

――『生殖行為も欠かせぬ生活の一部で、それに特化した場所の何がいけない？』

あんなふうに言った人は、初めてだった。

「さんずいからだ。ほら、ここ」

向かいの席から立ち上がって覗き込まれ、どきっとした瞬間にペン先が走り出す。

何故だろう。催眠術にでもかけられているかのように、手を止められない。さらには新川が歓喜する雰囲気に乗せられ、捺印までさせられてしまい――。

「まさか印鑑を携帯なさっておいでとは、準備がよろしいのですね、真白さまは」

では一旦お預かりします、と、にこやかに婚姻届を回収していく執事の新川を、真白は恨めしく思いながらもあわあわと見送るしかなかった。

（書いちゃった。書いちゃったよ。わたし、婚姻届……っ）

人生の一大イベントを、こんな簡単に、ノープランで進めてしまってよかったのか。いや、良くないに決まっている。わかっているのに、どうして。

愕然《がくぜん》とする真白の前で、夕生は照れ臭そうに咳払いをひとつ。

「では、きみの部屋へ案内しよう」

そう言って、真白の右手を取った。

どきっとした途端、応接室から連れ出され、促されるまま廊下を行くしかなくなる。

どこをどう歩いたのか、気づけば真白は、彫り模様が美しい木の扉の前にいて……。

「あと三十分で夕食になる。きみ付きのメイドが呼びに来るから、家具の配置に関して要望があるならそのときに言ってほしい。緊急の場合は、内線の三番だ。では、少々休んでいてくれ」

ぼんやりと頷《うなず》いた真白は、夕生が去ってから扉を開いた。

そして部屋を覗き込むなり、一瞬、呼吸を忘れるほど驚いた。三十畳はあろうかという広い室内に、見慣れた家具が置かれていたからだ。

「な、な、なん……っなんで……」

ベッドにローテーブル、ラグに書棚、冷蔵庫に食器棚……すべて、ひとり暮らしの部屋にあったものだ。何故、ここに。すべて、今朝、アパートを出たときはそこにあったはず。

——まさか。

真白が仕事をしている間に運び出し、ここに収めたとでもいうのか。

いや、それ以外、考えられない。しかし鍵は真白がしっかり携帯しているし、スペアは祖母に預けてある。もしかして、祖母から借りた？　あるいは、大家に直接掛け合った？

ああ、そんなことはこの際、どうだっていい。

それより家具をすべて運び出された部屋は今、どうなっているのだろう。ひょっとして、賃貸契約も勝手に解約されたのでは。もしそうだとしたら、真白には帰る場所がなくなってしまったことになる。

（まさか、これから先ずっと、ここで暮らせと……？）

突拍子《とっぴょうし》もない話だが、この光景はつまり、そういう意味に違いなかった。

まったく、周到なのか大胆なのか。真白が結婚に同意せず、ここを去っていたらどうするつもりだったのだろう。というのは今や、たらればでしかない。

真白は婚姻届にサインをし、結婚を承諾した。夫婦が同居するというのは、別におかしな流れではないのだ――ただ、本人の同意があとづけだというだけの話で。

「鳩が……豆鉄砲食らうって、きっと、こんな感じだわ……」

そうしてひとしきり茫然としたあと、真白はゆるりと我に返る。

貴重品は？　通帳、カード、ノートパソコン、それに下着類も。

慌てて奥の扉を開けば、六畳ほどの収納の隅に、プラスチック製の衣装ケースと衣類が掛けられたハンガーラックが、居心地悪そうに仲良く収まっていた。

貴重品を収納している引き出し付きのチェストもだ。引き出しを開ける。へそくりに通帳、印鑑、学生時代の写真がそっくりそのまま入っている。

「ああ、よかっ……」

胸を撫《な》で下ろしかけて、真白はふるふると頭を振る。

「た、わけがないわ……っ」

これはきっと夢だ。そうだ。目覚めさえすれば、現実に戻れるはず。

真白は着替えもせずにベッドに転がり、仰向《あおむ》けになって目を閉じる。

次に瞼《まぶた》を持ち上げたとき、景色は見慣れたものになる。わたしはいつもの部屋にいる——そう信じて恐る恐る目を開いたが、天井から下がる筒状のシャンデリアは何食わぬ顔でそこにぶら下がり続けていた。

＊＊＊

同じ頃、夕生は書斎の扉の内側で長く息を吐いていた。

やっと逢《あ》えた。やっと。初めて言葉を交わした日からずっと、今日という日を待ち焦《こ》がれていた。

あの透明度の高い水晶のような瞳に見つめられ、正気でいられた己を褒めてやりたい。

いや——。

努めてそっけなく振る舞わなければ、秒で腑抜けていたに違いない。

夕生さん。甘く呼ぶ声を、耳の中で転がして感極まりそうになる自分が気持ち悪い。

「夕生さま」

すると、背中にノックの振動が伝わってくる。この声は新川だ。

急ぎ表情を引き締めて、咳払いをしてから扉を開ける。新川は一礼ののち、部屋に入ってきて「大丈夫ですか？」と気遣わしげな表情で言った。

「なんの話だ」

「いえ、その……先ほどはショックを受けていらっしゃるように見えましたので」

新川が言いたいのは、真白が結婚に前向きでないどころか、夕生に関してほとんど知らなかったこと、いや、まず許嫁の存在を信じてすらいなかったこと、にだろう。

「別に。予想の範囲内だ」

強がって、夕生は部屋の照明をつける。

ショックを受けていないと言えば嘘になる。だがそれよりも、喜びのほうが勝っている。なにしろ真白は婚姻届に名前を書いた。戸惑《とまど》ってはいても、完全拒否しようという気はないのだ。

別に、財産目当てでもいいと思う。真白が手に入るなら。

と言っても真白に限って、金に目が眩《くら》むということはないだろうが。

「結婚には同意した。その事実だけでいい」

「素直ではないですね、夕生さまは。何年も前から今日の日のためにありとあらゆる備えをし、昨夜は眠れないほどソワソワしていらしたのに」

「やめろ。いいか、俺が入念に結婚準備を重ねてきたことは、彼女には絶対に明かすな。間違っても、長々と片想いしていたなどと口を滑らせるなよ。外堀から埋めさせるほど、俺は落ちぶれてはいない」

新川は「承知しました」と頷いたが、微笑ましげに細められた目と、うやうやしげに胸に添えられた手がなんとなく嫌味っぽかった。

「そんなことより、ホテルから連絡はないのか」

咳払いをし、夕生は部屋の奥の仕事机へと大股で歩み寄る。

「今夜、改修後のロビーのＶＲ動画が完成する予定になっているはずだ」

「つい先ほど、送信したという報告がありましたが……こんなときにもお仕事ですか？　せっかく真白さまがいらしたのですし、ふたりきりでお話しでもされてはいかがです」

「せっつくな。じきに夕食だ。話ならそのときにする」

それに、結婚するならなおさら、仕事の手を抜くわけにはいかない。

夕生が総支配人を務めるホテルツジクラ東京は、今年、改修のため休業に入る。

伝統あるホテルゆえ、残す部分と新しくする部分の調整こそが肝だ。ゆえに何年も前からこつこつ準備をしてきたわけだが、評価が下されるのは改修後になる。

期待を裏切るような結果を出せば、結婚した相手の所為では、つまらぬ言いがかりをつけられるのが日本の悪習というもの。そんな気苦労を、結婚早々真白にさせるわけにはいかない。

「……再度、調整が必要だな」

ＶＲゴーグルを覗きながら、夕生は問題点をタブレットに書き込んでいく。

そうしている間も、真白の部屋の方向から、誘われるように体がじんじんと脈を打っていた。

（同じ屋敷に、彼女がいる……）

多少強引に婚姻届を書かせたと自覚しているが、仕方なかった。止められなかったのだ。

やっとあの目に己がひとりの男として認識されたと思ったら、もう一刻の猶予も与えたくなかった。本当は、今すぐ真白のもとへ引き返して思う存分抱き締めたい。いや、触れたら最後、何をしでかすかわからない。自分で自分を信用できない。

どれほど、この日を待ち焦がれてきたか——。

2　結婚しちゃいました

「んん……」

翌朝、真白《ましろ》は瞼《まぶた》の裏に異常な明るさを感じて目を覚ました。

昨夜、カーテンを閉め忘れたのだろう。なにしろ記憶がない。カーテンを引いたかどうか……いや、そもそも昨夜は何時に帰宅したのだったか。食べた夕飯のメニューも思い出せない。

とにかく出勤の支度をしなきゃ、とゆるゆる瞼を開けた真白は、直後に飛び退《の》いた。

「ひいっ」

焦点《しょうてん》が合うか合わないか、それほど間近に男の顔があったからだ。

侵入者だ。痴漢だ。変質者だ。通報！　と、急ぎ、枕もとにスマートフォンを探して、真白は思い出した。見覚えのない植物柄の壁に大きな窓、装飾の施された高い天井にシャンデリア。

追ってゆっくりと、記憶が蘇《よみがえ》ってくる。

ここは、昨夜連れて来られた屋敷だ。

そして隣に横たわるのは夕生《ゆうせい》……ツジクラグループ御曹司の辻倉《つじくら》夕生にほかならない。

（そうだ。わたし昨日、婚姻届を書いちゃったんだ……）

夢だと思いたいが、状況的に無理だ。

真白は、目の前の男の妻になった。ああ、でも、昨日、婚姻届を書いたのは夜だ。まだ提出されていないにちがいない。今なら止められる。いや、だが、その前に。

一緒に寝ていた。ということは、もしかして、もう初夜が済んでいる？

覚えていないうちに、何もかもを済ませてしまった!?

だとしたら、取り返しがつかない！

冷や汗をかきながら、自分の体を確認する。服装は昨日のまま。下着もつけている。上も、下もだ。すなわち貞操も無事だ。

よかった、と胸を撫《な》で下ろしていると「朝か」と、夕生が掠《かす》れた声で言った。

「昨夜は、よく眠れたようだな」

腕時計を確認した彼は「六時か」と呟《つぶや》く。

「夕生さん、い、いつからここに……？」

「夜中だ。夕食前にメイドに呼びに来させたんだが、すでに休んでいると言われた」

そういえば、夕食時にメイドが呼びに来ると言われていたのだった。

起こされた記憶はない。きっと、ベッドに横になって瞼を閉じたり開いたりしているうちに、いつの間にか眠ってしまったのだろう。

見れば、ラグの上のローテーブルには四角いトレーがのっている。いくつかの皿とティーポット。サンドイッチにスープ、ローストチキン……それから蝋燭《ろうそく》の立てられたいちごのケーキも。

まるでパーティーだ。

「夕食、夕生さんが持ってきてくださったんですか？」

「あ？　ああ」

そういえば置きっ放しだった、とでも言いたげに夕生はローテーブルに視線を投げる。

ということは、夕生は真白に夕食を運んできた際、そのまま寄り添って横になり、うっかり眠ってしまった……と、つまりそんなところなのだろう。

「ひとつ聞きたい」

夕生は言う。起き上がり、真白の前にあぐらをかいて座りながら。

「今週末は空《あ》いているか？」

「今週末……ですか」

真白の出勤日は月曜から金曜までの平日五日間だ。カルチャースクール『アマリリス』は週末にも営業しているのだが、休日は子供向けの講座もあり、基本、真白の担当外だったりする。

休日に会うほど親しい友人はいないし、予定といえば食材の買い出しに行くくらいだ。

「空いています、けど」

「ならばそのまま空けておけ。食事に行く」

「しょ、食事って、夕生さんとわたしでですか？　どうして」

「どうしても何も、夫婦が食事をともにして何がいけない？」

「そう……かも、しれませんけど」

「さっきからけどけどと歯切れの悪い……。とにかく仕切り直しが必要だ。それだけだ」

「仕切り直し？」

尋ねながら、真白はふと疑問に思う。

ローテーブルの上に並んだ、やけに豪華な食事。それに、ショートケーキの上の蝋燭――。

これはもしや。いや、考えすぎだ。だが、でも……やはり。

「もしかして、わたしの誕生日のお祝い……ですか」

途端、夕生は不自然に目を逸《そ》らした。

やはり、と真白は確信する。

「そうなんですね。どうして……」

そこまでする筋合いが、夕生にあるようには真白には思えない。

許嫁《いいなずけ》とはいえ、親が決めた相手だ。面識もないし、歓迎される要素もない。

まず夕生は、そういうものだと思っている、と言っていたではないか。この結婚を、歓迎しない義務か何かのように。

しかし夕生は目を逸らしたまま「それで、週末だが」と話を進めてくる。

「日曜より、土曜のほうが翌日を考えなくていいぶん、気楽だろう。食べ物にアレルギーはなかったな？　和食と洋食では、どちらが好みだ？」

「え、と」

「ああ、おまえはそうだったな。では俺が決めよう。時間は追って知らせる」

そして背中を丸めてベッドを降り、大股で部屋を出ていこうとした。

「あ――あのっ」

見送りかけて、慌《あわ》てて引き留《と》める。

「なんだ」

夕生は振り返らなかった。背中でそう答えたのだ。

誕生日なんて祝わなくていい。今後、実際に夫婦として一緒に暮らすかどうかもわからないのに
……と言おうとして、真白はもっと大事なことを思い出す。

婚姻届。

もしかしたらまだ、提出前なのではないか。だとしたら、撤回できるではないか。昨夜はどうかしていた。いくら許嫁とはいえ、初対面の人と結婚しようだなんて狂気の沙汰だ。

ここにある家具も、もとの部屋に戻してほしい。そう言わなければ。

考えるだけ考えて声に出せずにいると、軽いノックの音がする。反射的に「はいっ」と応《こた》えれば、直後、わらわらとメイド服を着た女性たちが部屋になだれ込んできた。

「おはようございます、真白さま！」

「昨晩は、ゆっくりお休みになれましたか？」

「ただいまの時刻は六時半でございます。失礼ながら、朝のお支度をさせていただきます」

その数、総勢二十名。

主人である夕生のことなど無視だ。というより、大半が夕生の存在に気づいていない。なにしろ、

扉が開くなり夕生は壁際に後退してしまった。

「わ、わ、わ」

真白はたちまち脱衣所（二階の中ほどにあった）へと運び込まれ、身ぐるみを剥《は》がされた。

きれいな肌だとか肌理《きめ》が細かいなどと褒められながら奥の風呂場へと連行、くまなく洗われ、髪をブローされた挙句《あげく》にメイクまで施され……。

どうぞ、と部屋から出されたとき、真白は真新しい服に身を包んでいた。

フリル襟《えり》が施された白ブラウスに、黒のジレとプリーツスカート、五センチヒールの靴。どれもがハイブランドのもので、サイズはぴったりだった。

「あの、これは、一体……」

わけもわからずメイドたちを振り返ると「旦那さまからですわ」と笑顔で言われる。

「旦那さまって、夕生さんのことですか……？」

「ええ、もちろんです。化粧品も服もジュエリーも、真白さまのためにと山ほど用意なさっておいでです。お忙しいお仕事の合間に、ひとつずつお選びになって……ねぇ？」

「そうそう、外商を呼んであれでもないこれでもないと。それは微笑ましい光景でしたわ」

「まず、このお屋敷からして、真白さまにふさわしい住まいをとご用意なさったわけですし」

「それを言ったら内装もです。シャンデリアなんて、ヴェネチアから取り寄せられて……」

嬉しそうに言うメイドたちを見て、真白は戸惑《とまど》わずにいられない。

（本当に、どういうこと？　彼は、何を考えてるの？）

これではまるで、屋敷を上げての大歓迎だ。

もう何年も、真白がやってくるのを待ち侘《わ》びていたかのよう。

「ささ、真白さま、食堂は一階の奥ですわ」

話を聞きたいのはやまやまだったが、時刻はすでに七時半。食事を始めなければ、仕事に間に合わない。まずここはどこで、通勤にどれだけ時間がかかるのかを尋ねるべきだ。

考えながら廊下を行きかけて、真白は思い出してメイドたちを振り返る。

「あの、ありがとうございました。それと、昨夜はごめんなさい。起こしていただいたのに、起きられなくて……。お料理を作ってくださった方にも、よろしくお伝えください」

まあ、というふうにメイドたちが目を見合わせている。不思議そうな反応だ。まるで、珍しいものを見たような……あるいは同じような反応をする人を、ほかにも知っているかのような。

やはり追求している余裕はなく、真白はもう一度お辞儀をして、らせん階段へ急いだ。


婚姻届の提出を、止めそびれた。

そうと気づいたのは、さらに一日経過してからだった。

「昨日の午前十時十五分、籍を入れた。晴れて、我々は正式な夫婦となった」

朝食の席で、夕生がそう言ったから。

いっぺんに血の気が引いて、フレンチトーストを切り分けているナイフとフォークを思わず落としそうになる。しまった。忘れていた。呑気《のんき》に朝食なんて食べている場合ではなかった。いや、正確に言えば真白は何度も言い出そうとしたのだ。言えなかっただけで。

「あの、そ、それは」

撤回するわけにはいかないのでしょうか。

ぱくぱく口を開閉させる真白に、夕生は言う。

「今朝は出勤まで少し時間があるな。三十分……充分だ。その間に、屋敷内で働く従業員たちを紹介しよう。新川《しんかわ》、廊下に皆を並ばせておくように」

「はい、かしこまりました」

新川が出ていけば、入れ替わりでメイドがやってきて紅茶のおかわりを淹《い》れてくれた。

言わなければ。言わなければ……念じれば念じるほど、真白の言葉は喉に詰まる。

それで食事の手を止めていたら、お口に合いませんか、とメイドにこそっと聞かれた。

「いえっ。そんなことは決して！　美味しいです、とてもっ」

焦《あせ》って口に残りを詰め込み、やはり言えない、と真白は泣きたくなる。

困っているのに。いや、困っているからこそ、だ。本当はこう！　と己をさらけ出すような行為は、真白にとって高すぎるハードルと言っていい。

食事を終えて廊下に出ると、流れ作業のようにスタッフの紹介が始まる。

「紹介しよう。彼女がメイド長の花岡《はなおか》だ。その左が補佐の植木《うえき》、宇山《うやま》、小田《おだ》。続けて久慈《くじ》、岩野《いわの》、河瀬《かわせ》、渡辺《わたなべ》、宮藤《くどう》に伊志原《いしはら》。振り返って左から宮下《みやした》、佐野《さの》、塙《はなわ》、古賀《こが》、林《はやし》、小倉《おぐら》……」

夕生はつっかえもせずにつらつらと言った。

「以上、五十人が洋館の担当ハウスメイドだ。和館の担当は彼女、青井《あおい》から先の三十人。左に進んで檜山《ひやま》、園生《そのう》、岡部《おかべ》、堤《つつみ》、池尻《いけじり》、隈部《くまべ》、伊達《だて》、柳《やなぎ》。振り返って遠藤《えんどう》、西《にし》、稲葉《いなば》――」

早すぎて、ひとりもまともに覚えられない。

対する使用人たちは廊下の壁に沿って左右一列に並び、皆、にこやかに「初めまして」だの「よろしくお願いいたします」などと頭を下げてくれる。今後、世話になるつもりはなくても、無言で突っ立っているわけにもいかず、真白は必死になって返事をし続けた。

「お会いできて嬉しいです、奥さま」

「お、おく……っ？」

「謹んでお仕えいたしますわ」

「え、いえっ。そんな、かしこまらないでください……っ」

奥さまなんかじゃない、と本当は叫びたかった。事故的に籍を入れてしまったけれど、本当は結婚するつもりなんてなかった。そんなふうに呼ばれても困る。

しかし、それにしても――。

驚くべきは、夕生が使用人全員の名を完璧に覚えていること、だった。

顔を見て考え込む様子も、小さな名札を確認している様子もない。ただ目の前に立っただけで、淀《よど》みなく名前を呼んでしまう。それを使用人たちが珍しがったり、驚いたりもしないのがまた、一種異様かつスマートなのだった。

つまり彼らにとっては、これが日常だということだ。

「――で、栗田《くりた》、桃野《ももの》。以上十人がおまえ付きのメイドだ。困ったときは頼るといい」

続けて男性スタッフの紹介もあったが、そちらはほとんど記憶にない。なにしろ夕生はテキストを読み上げるアプリのようで、機械的に名を呼んでは先に行ってしまう。

総勢二百人の人と挨拶《あいさつ》を交わし、真白は最後、膨らんだ風船にでもなった気分だった。

「行って……きます……」

へとへとになって屋敷を出ようとすると「真白さま」と呼び止められる。

「勤務先までお送りしましょう」

新川だった。昨日も、同じように声を掛けられた覚えがある。

あの大きなリムジンで職場に乗り付けられてはたまらないし、自分の通勤のために夕生の使用人を使うのは気が引けたので、断って最寄り駅まで歩いて行ったのだが。

「いえ、わたしは電車で……」

「そうおっしゃらずに。少し、真白さまにお話ししたいことがあるのです。職場の方の目を気にされるのであれば、別の場所で降ろして差し上げますから」

そう言われてしまうと、断りの言葉すら真白には思いつかない。

すみやかに車止めに回された、車のお化けのようなリムジンに乗り込む。遠慮がちに座席に座り、シートベルトを締めて視線を上げれば、仕切り板を下げて新川がにこりと笑顔を見せる。

「では、参りましょう」

なめらかに車が発進すると、しばらくは無言だった。

話があると聞いていたが、しなくていいのだろうか。

「……あの、」

迷ったが、真白は小声で運転席に声を掛けた。

「いかがなさいましたか」

「お……お話というのは、その」

どうにか勇気を振り絞ってそれだけ尋ねると「ああ」と新川は思い出したように頷いた。

「そんなことも言いましたね」

まるで忘れていたといったふうだ。

「申し訳ありません。そう申し上げないと、お乗りいただけないと思いまして」

「え……ないんですか、お話」

「いえ、まあ、そういうことになります」

つまり新川は真白を騙《だま》し、まんまとリムジンに乗せたわけだ。

しれっと言うその態度に、真白は開いた口が塞がらない。

そういえば一昨日の晩も、なんだかんだ手際よく真白をリムジンに押し込んで屋敷に連れ去った。

執事だなどと腰を低く構えながら、案外食えない相手なのかもしれない。

「……っ」

文句すら喉の奥で詰まってしまう真白に、新川は「申し訳ありません」と殊勝《しゅしょう》に詫《わ》びる。だがその口調からは、申し訳なく思う気持ちは少しも伝わってこなかった。

「では僭越《せんえつ》ながら、しばし、よもやま話でもいたしましょうか」

「よもやま……」

「ええ。世間話にもならない、わたくしの身の上話です」

なぜ突然、新川の話になるのだろう。疑問には思ったが、真白は頷いた。

下手に真白自身のことを尋ねられるより、新川が率先して語ってくれるほうがありがたい。

それに、役柄でもコスプレでもない本物の執事なんてそうそういない。どうして執事として働くことになったのか、興味がないわけではなかった。

「わたくしは数年前まで、ホテルツジクラ東京本館にてコンシェルジュを務めておりました」

唐突に言われ、思わず、えっ、と目を丸くする。

「新川さん、ホテルマンだったんですか」

「はい。幼い頃からホテルに勤めるのが夢で、念願叶ってホテルツジクラに新卒で入社しました。コンシェルジュになったのは、それから三年後です。仕事には誇りを持っていたのですが、人間関係で少々苦しくなりまして。やむなく辞表を提出しようというとき、当時後輩社員だった夕生さまに拾っていただいたのです」

新川は言う。

「いずれ俺が組織を改革するから、それまでうちに来ないか、と。意外でした。それまで、夕生さまは周囲の人間に興味がなく、ひたすら己の役割に邁進《まいしん》なさる方に見えていたので」

「夕生さんが……新川さんを、スカウトしたってことですか」

「ええ。次の仕事にあてがあったわけではないので、とてもありがたいお言葉でした」

聞けば、同じく退職を考えたところで夕生に拾われたホテルスタッフが他にも何人もいるという。

子育て中のママに、体を壊した人、それから介護離職を考えていた人……。

ときには、ホテルツジクラ退職者を拾うこともあったそうだ。

「お屋敷で働かれている方は、全員ホテルマンだったたってことですか？」

「そうですね、六割ほどは。残りのメイドは、現在の屋敷へ移ったときに採用された者です」

「移った……？」

「はい。以前、夕生さまは本家に暮らしておいででした。今の屋敷には一年ほど前に移られまして、真白さまが快適に過ごせるよう、女性を多めに配属なさったのです」

そうだ。メイドたちも言っていた。

あの屋敷は、真白のために用意されたものなのだと。

「その……話の途中ですみませんが、ひとつお聞きしてもよろしいでしょうか」

「はい、なんでしょう」

「このお洋服やメイク用品、ジュエリーまでわざわざ夕生さんが用意してくださったんですよね？　それに、わたしの誕生日のお祝いまで……どういうことなんでしょうか。夕生さんは、ご両親に言いつけられて渋々この結婚を受け入れたのではないんですか？」

一番いいのは、本人に尋ねることだ。が、夕生のことだ。

そういうものだと思っている、と片付けられて終わってしまうのが目に見えている。

見れば、何故だか新川が運転席で項垂《うなだ》れていた。前方を見たまま、呆《あき》れたようにため息をつく。

そしてぼそりと「不器用にも限度がありますね」と呟いた。

「えっ？　今、なんて……」

「ええ、まあ、こちらの話です、お気になさらず。そうですね、その疑問に対して、外野であるわたくしはお答えする立場にございません。ただひとつ、意見としてお伝えさせていただけるのであれば——あの方が最善を尽くされたという事実のみです」

「どういう意味ですか？」

「そういうものだと思っている、と夕生さまはおっしゃったでしょう。悟ったような言葉ですが、あれをわたくしなりに翻訳するならば『最善を尽くす』なのですよ」

丁寧な口調で言い換えられても、真白には新川の意図するところが掴めない。

黙っていると「元来そういう性格なのですよ」と彼は付け足す。

「生まれ持ったものを、ただ受け入れるだけの方ではありません。常に、己の持ちうる力のすべてを使って、最高の結果を出そうとなさるのが夕生さまです」

わかったような、わからないような……しかし新川の言葉を素直に受け取るならば、夕生は真白との結婚をただ両親から押し付けられただけではない、ということなのかもしれない。

「……歓迎してくださっていると、考えてもいいということですか」

「もちろんです。行き過ぎてしまう方ですから、真白さまにはご面倒をお掛け致しますが」

「いえ、そんなこと！」

そんなことないわけがないのだが、真白は顔の前で手を振って見せた。そうする以外になかった。

すると新川はバックミラー越しに、目を合わせてふっと笑う。

「良い方ですね、真白さまは」

「とんでもないです！」

「いえ、良すぎるくらいですよ。あなたのような方が、夕生さまの許嫁で本当によかった」

そんなふうに言われると、なんだか申し訳なくなってくる。入籍を取り消したいと思っているなんて、どうして言えるだろう。ゆるゆると口を閉じ、すれ違う白いワゴン車を無言で見送る。迎えた沈黙に、新川は気を遣ったらしい。

「先ほどの話の続きですが」と、話を戻した。

「わたくしが夕生さまに拾われてから、数年後に話は飛びます」

「はい」

「夕生さまは総支配人となり、ホテルツジクラ東京本館は以前よりずっと働きやすい環境へと変わりました。有言実行、わたくしたちの帰る場所を作ってくださったのです。しかし、わたくしをはじめとする使用人たちは、全員、夕生さまのもとに残りました」

「どうしてですか」

「老舗ホテルでお客さまをお迎えできる喜びよりも、夕生さまをお支えすることのほうにさらに大きな誇りを持ってしまったのですよ、我々は」

新川の声にはしみじみと実感がこもっていて、大げさには聞こえなかった。

確かに夕生は、従業員全員の名を覚えていた。そして、きちんと目を見て呼んでいた。

仕事を辞めざるを得なかったとき、手を差し伸べてもらっただけでも充分ありがたかっただろうに——そんなふうに大事にしてもらえて、かつ、約束した改革をやり遂げる姿まで見せられたら、誰だって傾倒する。

真白が同じ立場だったとして、きっと、心酔せずにはいられない。

(何を考えているのか、わからない人。でも、たぶん、悪い人じゃない……)

見れば、車窓の景色は緑の多い住宅街から、ごみごみしたオフィス街の風景へと変わっていた。


帰る——と言っていいものか迷いはあるが、真白はその晩も夕生の屋敷に戻った。

快く迎えてくれるメイドたちに心配を掛けるのも忍びないし、私物という物質《ものじち》(人質ならぬ)も取られてしまっているし、籍も入れられてしまったし。

なにより真白はすこしずつ、辻倉夕生という人に興味を持ち始めていたのだ。

「お帰りなさいませ、真白さま!」

大勢のメイドに迎えられ、ぺこぺこしながら部屋へとたどり着く。

「お召し替えをなさいましたら、すぐに食堂へどうぞ。お夕食の準備が整っております」

わかりました、と真白は言おうとしたが「あの」と若いメイドに割り込まれた。

「奥さまもお風呂を先に、と新川さんから今、伝言がありました」

「あら。では、すぐにお着替えをご用意いたしますわ」

とは、真白付きのメイドの長の言葉だ。

すると真白が何を言うまでもなく、すぐに部下たちが、クロゼットに駆け込んでパジャマとタオルを持ってくる。きちっと畳まれた、洗濯したての下着類もだ。申し訳なさと恥ずかしさで、自然と頭が下がる。

しかしこれは『湯浴《ゆあ》みのお手伝いを』と誰かが言い出す流れではないか。

断りたいが、どう断ったらいいのか。困っていると、それらをポンと手渡された。

「ごゆっくりなさってくださいませ」

にっこりと微笑まれて、うろたえてしまう。ひとりで入ってきてもいいのか。

「あ……ありがとうございます」

着替えとタオルに化粧ポーチをのせ、真白は見送られて部屋を出る。昨日も今朝も、メイドたちにつきっきりで入浴させられて、少しも休まらなかった。やっと、疲れが取れそうだ。

脱衣所へ入り、引き戸を閉めて、ホッと息を吐く。

(なんだ。毎回、使用人さんに介助されなきゃならないってわけじゃないのね)

洗面台でメイクを落とすと、久々に素のままの自分に戻れた気がした。

ほんのり煙る脱衣所には、檜《ひのき》のいい香りが漂っている。他の部屋同様、風呂場もやや古風な趣《おもむき》があるのだが、設備はすべて真新しい。これらも、真白のために新調したのだろう。

高価そうな服を丁寧に脱ぎ、畳んで脱衣カゴに入れてから浴室の扉を開く。

がらり。

途端、真白の口からは声にならない声が飛び出した。

「……！」

それというのも、湯気の向こう。想定外に、人の姿があったから。

細身ながら肩と胸にはしっかりとした筋肉がのり、腰は骨ばって引き締まっている。

幽霊？　いや、夕生だ。

ギョッとしたようなその目の前には、湿った前髪がひと筋垂れ下がって……。

「っ、ひ」

何故、彼が浴室に。鉢合わせるなんて、予想もしていない。

なにせ、入浴を勧めたのは新川なのだ。奥さまもお風呂を先に、と。ああ、そうだ、奥さま『も』との伝言だった。深読みすれば誰かと一緒に、という意味にも取れる。

すると嵌《は》められたのだろう、あの策士な執事に、またしても。メイドたちがついてこなかったのは、新川の真意を汲《く》んでいたからで……やられた。完全にしてやられた。

怒涛《どとう》のように思考を巡らせるも、肝心の裸を隠すことまで頭が回らない。というのも父親と風呂に入った記憶すらほとんどない真白には、衝撃の光景だったのだ。

湯気の中に立つ、生まれたままの夕生の姿が。

「……おまえ、なんで」

かたや夕生も焦ったらしい。

真白の足もとに置かれていたタオルを、慌てて掴もうとする。

距離を詰められて真白もますます焦り、斜め前に飛び退いたのが運の尽きだった。

そこはまさしく今、夕生が洗い流したボディーソープで滑っていて……。

「キャ、あ、わ、わっ」

もう一歩、バランスを取ろうとして足を踏み出す。よろけながら、さらに一歩。

それでも体勢は安定しない。

二歩三歩と行ったところで、ついに、前のめりになる。

「きゃあっ」

咄嗟《とっさ》に受け身を取ろうとしたのもいけなかった。

真白の体は、空中でぐるりと半回転する。そう、フィギュアスケートのジャンプのように。逆効果とはこのことだ。まずい。頭を打つ。本能的に思う。

と、次にふくらはぎが浴槽の側面にあたった。

膝がかくんと折れる。そして真白は水飛沫《みずしぶき》を上げ、背中から湯船に落下した。

「おい！」

慌てたように呼ばれた気もするが、定かではない。

なんたって、顔までざぶざぶと沈んでいるのだ。慌ててもがくも、両膝が湯船のふちに引っかかっていて取れない。焦りすぎて、息継ぎの仕方も思い出せない。

すると、いきなり二の腕を掴まれる。

力強く引き上げられ、気づけば真白は浴室の床の上、夕生の腕に抱かれていて……。

「何をやっているんだっ。頭は？　どこを打った⁉」

「だ、だいじょ……ごほっ、どこも、打ってな、っ……ゲホ！」

大丈夫ですと言いたいのに、むせ込んでしまって言葉にならない。体を丸めてどうにか呼吸を整えようとすれば、夕生は心配そうに背中を叩いてくれた。

「ゆっくりでいい。そう」

初めて耳にする、特別に優しい声。

導かれるように、徐々に、呼吸が整ってくる。鼻の奥に感じていた痛みも、抜けていった。

はあ、とひと息。真白はようやく顔を上げ「ありがとうございます」と細い声を絞り出す。同時にぺこりとお辞儀をして、そしてすぐに後悔する羽目になった。

裸。

やっと思い出した。

夕生だけでなく、自分だって見事に裸だったことを。

「あ、あああの、わたしは、こっ、これで……」

胸もとを隠し、じりじりとあとずさる。

一刻も早く夕生の目に入らないところまで行きたかったのだが、右手を掴まれた。

「何を言っている。そのままでは風邪をひく。早く湯船に浸《つ》かれ」

「夕生さんのほうが、ひっ、冷えてます！」

「いや、俺はもう出るところだった。おまえが浸かれ」

もうどっちでもいい。

とにかく彼の視界から消えたい。あまりにもいたたまれない。顔を伏せたまま、なおも後退を試みる。が、夕生も諦《あきら》めない。ぐっと真白の腕を握り直して「おい」と不機嫌に言う。

「とっとと風呂に入れと言っているんだ」

「……一番風呂は家長のものです……っ」

「昭和か」

「う……ううう」

「唸《うな》るな。ちっ、もう知らん。強硬手段を選択させたのは、おまえだからな」

何が起こっているのか、理解するだけの余裕は真白にはなかった。

力強い腕に、抱き上げられる。そのまま、夕生とともに湯船に浸けられる。

「万事解決だ」

真後ろから飄々《ひょうひょう》とした声で言われて、悲鳴すらもう発せられない。

(わたし、お風呂に。夕生さんと、ふたりで入っちゃってる……!!)

檜の香りのお湯の中、真白にできたのは、苦し紛れに膝を抱えることくらいだ。

背後がどうなっているのか、想像するだけでも恐ろしい。真白の左右には、夕生の脚がある。お尻のあたりに、何かあたっている気配もする。

「……おおかた、新川の差し金だろう」

「っ……」

「やはりな。まったくあいつは、世話を焼きすぎる」

わずかな沈黙。夕生のほうもまた、緊張したり気まずかったりするのだろう。

顔を洗ったらしい。ぱしゃんと背後で水音がして、真白の体を包むように波紋が広がった。

「何か言え」

夕生はむっとした声で言う。

「これでは、俺がおまえを虐《しいた》げているみたいだ」

違うのだろうか。まさしく虐げているではないか。

そっけなかったり、それでも歓迎してくれていたり、悪い人ではないかもしれないと思ったのに、これでは振り出しだ。あまりに横暴だ。

そんな強烈な恨めしさの反面、真白は理解してもいた。

真白に風邪を引かせまいと、これでも一応夕生が気を遣っているのだということを。

「なんで……わたしなんですか……」

意識を背後から逸らすように、尋ねる。

「一生のパートナーですよ。名家の嫁ですよ。もっとふさわしい人を選ぶべきです」

それは一般論、とまた言われそうだ。が、そこまで気を遣っている余裕がなかった。

「見た目も、生活レベルも、立場だって……ほかに、お似合いのかたがいらしたはずです。それなのに、どうして、よりによってわたしなんか」

「なんか、とは穏やかじゃないな」

「だって」

だって。

膝を抱える腕に、自然と力がこもる。相手が彼でなくたって、真白は自分が結婚相手として男性から選ばれるに足る人間だとは思っていない。

己の意見もまともに言えないし、それに。

黙ったままでいると、夕生はまるで真白の胸の内から掴み出してきたかのように告げた。

「ラブホテル経営者の娘だから、か」

図星がゆえに、真白は沈黙を続ける。

亡くなった両親を、なおも責めたいわけではない。が、少女期から引き摺り続けた重いものが、今も真白の人格形成に影を落としているのは確かだ。

夕生はやはりとでも思ったのだろう。

「一昨日も、いかがわしいとか言っていたな」

そう、続けた。

湯面には、ゆるやかな波紋が広がっている。

「俺は」と、夕生は言って、片手で顔を洗う。

「わりと、あのラブホテルを気に入っていたんだが」

驚いて、真白は思わず振り返りそうになった。すぐに気がついて、やめたが。

「……うちにいらしたこと、あるんですか」

「ああ。おまえが高校生の頃だったか」

知らなかった。当たり前だ。真白はその頃、祖母の家に下宿していた。

「どうして……」

「……気が向いただけだ」

とは、やけにぶっきらぼうな返答だった。

「ラブホテルなんてそれまで気にしたこともなかったが、あれは別格だった。周囲の景観に溶け込んでいて、だからといって地味でもなく、さりげなく趣向を凝《こ》らした雰囲気が好ましかった。リゾートホテル以外のホテルに興味を持ったのも、思えばそれがきっかけだったな」

「本当ですか」

「俺は嘘を言うのが得意じゃない」

それ以上、夕生は語らなかった。思ったことを、言いたいだけ言った、というような。大げさにフォローしようとしないその態度が、真白には沁《し》みるほどありがたかった。

いつもこうなんだろうか、とぼんやり思う。

先日も、ラブホテルについてあっけらかんと持論を語っていた。他者の視線など、彼は気にも留《と》めない。誰の意見にも惑わされないものが、芯のように通っているのだ。

いつも周囲に知られることを恐れ、浮くことを避け、しまいには言いたいことも言えなくなってしまった真白とは、天と地ほどの差がある。

(やっぱり、釣り合う相手じゃないわ……)

指先が、温まりきってじんじんと脈を打ち始める。

気の所為か、うなじに視線を感じて耳が熱くなる。

無言のまま、どれだけそうしてふたりで湯船の中にいただろう。

「ゆっくり浸かれ。俺はもう出る」

夕生は立ち上がった。

代わりに自分が出たいと思ったが、真白が立ち上がれば夕生から丸見えだ。

「着替えは、メイドに持ってこさせる」

出て行きがけにそう言われて、ぼんやりと思い出す。

着替え――そういえば、服。

「あの……夕生さん」

「なんだ?」

「お洋服やメイク用品、ジュエリーも……ありがとうございました」

お礼をまだ、言えていなかった。いや、言ったかもしれない。言って……ない?

頭のてっぺんまで熱くて、はっきりと思い出せない。

「……礼なんていらない。俺が勝手にしたことだ」

低い声が、ボワボワとこだまする。耳たぶが腫《は》れていくような感覚だった。脈打つ音も、近くで聞こえる。はあっと熱のこもった息を吐き、真白は独り言のように漏らす。

「どうして……ですか。どうして、そこまで、してくださるんですか……」

わたしのために。

そういうものだと言われるかもしれない、ということは頭から抜け落ちていた。

「ご両親の意思に従っただけ……なんですよね？　わたしと結婚した理由。それなのに……こんなふうに歓迎してくださって、これじゃまるで、心待ちにしていたみたいな」

ああ、何を言っているのだろう。わからない。

最後は呂律《ろれつ》が回らなくなりながら問えば、夕生が振り返った気配がする。

「悪いか」

「……え……」

「俺がおまえとの結婚を、心待ちにしていたらいけないのか」

肩を掴まれ、驚いて飛び上がる。まさか、触れられるとは思ってもみなかった。やけに熱い掌《てのひら》。

そうして反射的に振り返った真白は、湯気に煙った景色がくらりと歪《ゆが》むのを感じた。

「――っ」

限界だった。

掠れた視界に映り込む、眉をひそめた夕生の様子。

直後、真白の意識は電源を切ったようにぶつっとブラックアウトした。

気づくと、やけにふかふかしたベッドの上だった。

いつもの布団ではないと、目を開ける前にわかる。『アマリリス』の医務室だろうか。

「ん……」

瞼を持ち上げたら、心配そうな夕生の顔が映り込んだ。

どきっとして仰《の》け反《ぞ》りながら、真白はベッドが左右にも広いことに気づかされる。

真白な漆喰《しっくい》天井に、丸く盛り上がるように作られた薔薇《ばら》の装飾。そこから垂れ下がるガラスの照明は、応接室のシャンデリアよりシンプルでシックなものだ。

「気分はどうだ」

夕生は言う。

バスローブ姿でベッドの縁《ふち》に腰掛け、上半身をひねって真白を見下ろして。

「……わたし……？」

「ああ、風呂場で倒れたんだ。のぼせたんだろう。俺が、俺の寝室まで運んできた」

そう言われて、思い出す。夕生と一緒に湯船に浸かってしまったことを。

もしやとベッドの中を見れば、やはりだ。下着の一枚すらも、身につけていない。

この姿でここまで運ばれたわけだから、つまり、ばっちり見られてしまったのだろう。裸を。

「す、すみません……」

真白は思わず詫《わ》びたが、夕生は不本意そうに眉をひそめた。

「なんだ。恨み言のひとつくらい、聞けるかと思ったのに」

「恨み言……？」

「強引に風呂に入れて、のぼせさせた。そのうえ、運ぶときには裸だって見た。横っ面を叩かれてもおかしくない。それなのにおまえは、怒りの感情すら見せずに謝るのか」

謝ることの何がいけないのだろう。

倒れた真白を、夕生は運んでくれた。その手間に対しては詫びるべきだ。横っ面を叩くなんて、とんでもない。真白は戸惑いのあまり瞳を揺らすばかりで、反論の言葉も出ない。

これに夕生はいよいよ苛立《いらだ》ったようだった。眉間《みけん》に皺《しわ》を寄せたまま、斜めに迫ってくる。

顔の横に右手を置かれたと思ったら、次の瞬間、真上から見下ろされた。

「俺には何故かと問うくせに、おまえは本音を見せない」

「ゆ……夕生さ……」

「籍を入れたと伝えたときも、ほとんど無反応だったな」

不愉快さを表すように歪んだ唇が、垂れ下がる前髪の向こうに見える。

「おまえには意思がないのか。婚姻届に記入したのも、ただなんとも思っていないからか。俺との結婚は、おまえにとって擦り傷程度か。拒否反応すら、する価値もないと？」

黒く細い毛先が額を掠め、真白はびくりと肩を竦《すく》める。

一瞬、ブラックアウトする寸前の出来事が脳裏に蘇《よみがえ》った。

――『俺がおまえとの結婚を、心待ちにしていたらいけないのか』

それはつまり、夕生が真白と夫婦になる日を待ち侘びていたということで、だから……だから？

なぜ彼がこのタイミングで機嫌を損ねるのか、わからない。わからなくて、混乱する。

潜《もぐ》って隠れようとしたが、布団の端を引っ張られて止められた。

「それとも、俺はまだ、夢を見ているのか」

言い切った唇が、落ちてくる。

咄嗟に顔を左に背けたが、顎を掴んで戻され、口づけられてしまった。

「ん……っ！」

キス。

戸惑いで瞼も閉じられない真白を、夕生はさらに真下に組み敷いた。

生温かい唇が、真白の唇をくわえ込む。角度を変えて、押し付けられる。ひっきりなしに口を塞がれて、焦るあまり呼吸もできない。

「んん、っ」

真白は懸命に両脚をばたつかせて、逃げようとした。

しかし、逃げるどころか身動きひとつできなかった。掛け布団の上から体の左右を押さえつけられ、まるで真空パックにでもされているような状態なのだ。

「ゆ、夕生さ……っ、ぅ……！」

名前を呼んでも、夕生はキスをやめない。

堰《せき》を切ったように、あるいは挑発的に、これでもかとばかりにうぶな唇を奪い続ける。

「んっ……ふ、ァ……あ」

やがて噛み合わせを破られると、生温かい舌が容赦なく入り込んできて、真白は震《ふる》えた。

いやらしい。恥ずかしい。こんなのはいけない。だが、不思議とそれだけではない。

てっきり嫌悪感が先走ると思っていたのに、何故だろう。

強引に与えられる体温は、夕生という生身の人を、より鮮明に真白に意識させるばかり。

上顎をちろりと舐《な》められると、あやされているようにくすぐったかった。頭でも撫《な》でられているようでたまらなくて、思わず瞼をぎゅっと閉じる。

「は……」

そこに、低い吐息が降ってきた。

じれったそうな響きに、どうしてだか下腹部がそわつく。

「ま……待っ……」

止めずにはいられなかった。はっきりとした理由はわからないが、とにかく、これ以上はいけないと思った。しかし、夕生は退かない。

「もう充分、待った」

忌々《いまいま》しげに言うと、掛け布団を剥ぎ取って覆いかぶさってきた。

太ももの間に入り込まれながら、真白にできたのは、さらなるキスを受け止めることだけ。

顎は固定されていなかったが、情熱的な舌を差し込まれると、めまいがして動けなかった。

「ふ、う」

夕生の手が、真白の太ももの上をゆるゆると這う。

それこそ卑猥《ひわい》な行為に違いなかったが、真白はまたも、そう感じなかった。

肌の上を滑る掌は温かく、ほんのり力強く、触れたいという夕生の意思をはっきりと伝えてくる。

そうして夕生の欲を意識すればするほど、腰のあたりが甘く痺《しび》れるのだ。

『いかがわしい？　どこがだ』

以前聞いた台詞《せりふ》が、不思議と耳に蘇る。

「あ」

そのとき、太ももを撫でていた手が、左胸に触れた。

膨らみの上からふんわりと掴まれ、びくっと腰が跳ねる。

(なに、今の……、体の奥のほうが、きゅうっとするみたいな)

驚いたのは、己の反応に対してだった。

こんな感覚は知らない。二十五年間生きてきて、一度も、感じたことがない。

戸惑う真白を見下ろし、夕生は様子を見ながら進めるべきだと判断したのだろう。手の中の白い膨らみを、掴みそうで掴まない、絶妙な力加減で撫でまわし始めた。

「ん、んぁ……あ！」

胸を他人に触られたのが初めてなら、びくびくと波打つさまを見たのも初めてだった。

恥ずかしいはずなのに、見惚《みと》れてしまう。隠さねばならないと思っていた扇情的な膨らみは、夕生の手の中にあって初めて、誇れるものにでもなったみたいだ。

「本気で拒否しなければ、俺は引かない」

拒否――拒否って、どうやって？

胸の先端をするすると擦られるたび、もっとそうしてほしくて、真白は腰をくねらせる。

唇を重ねられたが、胸を弄《いじ》られる感覚があまりによく、気を取られすぎて、みるみる舌が吸い出されていくのにも気づけなかったほど。

「う、ンっ……、ふ」

ちゅくちゅくと舌先をしゃぶられながら、ぼんやりと真白はなすがままになった。

尖《とが》った頂《いただき》を、親指で転がされ、膨らみに押し込まれる。一度ではなく、何度もだ。執拗《しつよう》にそうされていると、膨らみの奥が熱く、もどかしくなってくる。

「はっ……ア、はぁっ……う……」

いっそ、思う存分掴んで、捏《こ》ね回してほしいくらいだ。

体が熱い。

誰かに、どうにかしてほしい。

たまらなくなって、ふるりと身震いしたときだ。

夕生が太ももの間に、手を滑り込ませてきたのは。

「知らないからな、どうなっても」

「っ……！」

なにをするの。

焦って膝を閉じようとしたが、夕生の胴に阻《はば》まれて、できない。真白が動揺しているうちに、夕生の指先は茂みをかき分け、ふっくらとした秘部へと到達してしまう。

「っ……、あ、あ！」

触れられたのは、花弁《かべん》の上からだった。そこをふにふにと揉《も》まれて、飛び上がる。触れられているところの、もっと奥。欲しい刺激が、そこにある。

ここまで来ると、真白にはもう、絶対に拒否しなければ、という危機感はなかった。

割れ目を前後に擦られ、胸の先よりさらに敏感に、びくん！　と腰が跳ねる。

「ひァ、アあっ」

これだ、とはっきりわかった。欲しかった刺激の正体。

熱い。痛い……？　いや、今のはまるで電流だ。

火花でもそこに散ったかのような、鮮やかで華のある電流。

「あ……あ」

すこしだけ、怖い。けれど、もっと。もう、止められない。

遅すぎる性への目覚めを、真白は今、まさに迎えようとしていた。長いこと、目を逸らし続けていた。後ろめたいと思っていたぶんまで、いっぺんに解放された状態だ。

（……おかしく、なりそう……）

恍惚《こうこつ》と息を吐く真白の花弁の隙間を、夕生の指は前後して擦り続けた。前は勃ち上がりかけた赤い突起、後ろは処女の入り口まで。と、すこしして、夕生の指がとろりとぬめる。

それがなんなのか、快感に侵《おか》された真白の頭では判断できない。

「いいんだな？　本当に、このまま、暴《あば》いても」

「ふぁ……ア……」

ただ、気持ちいい。ひたすらに、いい。

欲しがるように蜜口《みつくち》をほぐされても、奥からさらに生温かいものが溢《あふ》れ、シーツへと伝い流れていっても、ぞくぞくと腰を震わせるばかり。

「ん、あ、っふ……うう、ぁ」

もっと、もっと。

唇がまた、熱っぽい口づけで塞がれると、真白は自然と舌を差し出していた。割れ目の間の粒をぬるぬるとしごかれながら、身悶《みもだ》える。

大きな波がやってくる気配に背中を反《そ》らせば、誘うように乳房が揺れた。

応えて、右胸をすこし強引に掴まれる。先ほどの優しすぎる撫で方とは打って変わって、欲のままに捏ねられて、ああ、もう、と覚悟する。

（ふわふわ……する、投げ出され……そう……っ）

危機感が真白に訴えてくる。

これ以上されたら、体が言うことを聞かなくなる。しかし危機感が募れば募るほど、その堰を越えたくてたまらなくなった。強くなる快感が、真白を翻弄する。

「も……っだめに、なっちゃう……う」

もう、耐えきれない。

腰をくねらせて訴えれば、夕生は十センチ先から見下ろしてきた。

「この期《ご》に及んで、まだ嫌とは言ってくれないんだな」

掠れた声。切なく懇願するような瞳にどきっとした、次の瞬間だ。

きゅ、と割れ目の中の粒を押され、夕生の指の上で、真白は大きく弾けた。


すこしの間、痺れた体のあちこちに優しい口づけが与えられていた。激しく揉まれた膨らみにも、固くすぼんだ胸の先にも、そしてさんざん捏ねられた脚の付け根にもだ。

一度飛んだ意識が、そうするうちにうっすらと戻ってくる。

すこしも嫌悪感を覚えない自分が、不思議でたまらなかった。あれほどいかがわしいとか、恥ずかしいとか思っていたはずなのに。ラブホテルも、そこで行われることも。

「抱くぞ」

華奢《きゃしゃ》な白い腕は、乱れたシーツの上に投げ出されたまま。

ぐっと蜜口を割られた感覚に、驚きで「あ」声を上げる。

「あ、あ……ぅ」

鮮烈な痛みが、真白を現実に引き戻す。

こんな――やはり、だめだ。抵抗しなければ。気怠《けだる》い両手で目の前の胸を押し返そうとしたが、切なげな吐息が降ってきたらできなくなってしまった。

「んぁっ……あ、あ」

奥へ奥へと進む先端が、琴線のようなものをさかんに弾く。

このままでは取り返しがつかなくなると思うのに、反面で、早くすべてを受け入れてしまいたいとも思う。まるで、心がふたつあるみたいだ。

「く……」

かすかに夕生が唸る。内側の圧迫感が、徐々に増していく。

膣口があまりの窮屈さに悲鳴を上げ、真白は無我夢中で縋《すが》るものを探した。何かにしがみついていなければ、体がばらばらになってしまいそうだった。シーツを掻き、枕に爪を立て、そして——夕生の首に必死で掴まる。

「ゆっ……うせいさ……っ」

夕生さん。

掠れた声で、呼んだときだ。

腰を、左右から掴まれる。勘弁ならないといったふうに、引っ張り上げられる。

途端、ぐんっ、と最奥《さいおう》を突かれて、真白は目を見開いた。

「っ、ひぁあああっ!!」

痛みで呼吸もままならないまま、恐る恐る、視線を落とす。

と、ふるんと揺れた膨らみの向こう、大きく開かれた太ももが、夕生の太ももとぴったり重なっている。張り詰めていた雄のものは、すっかり姿を消していた。

「ふ……」

夕生は動かない。

眉根をぎゅっと寄せ、苦しそうに動きを止めている。そうして昂《たかぶ》った感情を逃がそうとしているのだろうが、真白は混乱極まって泣いてしまいそうだった。

（ああ、わたし、繋がっちゃってる。夕生さんの、ぜんぶ、入ってる……っ）

怖さと、不安と、後ろめたさと――それなのに込み上げてくるゾクゾクとした興奮が、胸でわっと混ざり合う。どうしよう。受け入れてしまった。これは生殖行為なのに。そうだ。真白は今、子供を作る行為を夕生に許してしまっているのだ。

「あ……あ」

思わず後ろ手にシーツにしがみつき、体を引こうとしたが、できなかった。

左右から腰をがっしりと掴んだ腕が、後退を許してくれないのだ。

「ヤ、夕生さ、ん」

お願い、抜いて。

涙目で夕生を見上げたときだ。夕生が、腰を動かしたのは。

「ンぁ、あァ……っ!?」

ゆっくりと、真白の狭い内側をほぐし広げられて、ますます混乱する。

数秒前まで痛みにわなないていたそこは、溶けるようによかった。気の所為でなければ、夕生を歓迎するように、ひくついてもいる。無意識のうちに締め付けたものは、硬く、張り詰めきっていて、応えるようにさらに圧迫感を増していった。

「ッく……」

夕生は奥歯を噛み締めることで、どうにか衝動を抑えているようだ。

本当はもっと激しくしたいのだと、言わんばかりに腰の動きをすこしずつ大きくする。

「……嫌いなら、嫌いでいい。言えよ、おまえの気持ちを」

「あ、ンんっ……ひぁっ、あ、中っ、熱……擦るの、あつい……いぃ」

「聞かせてくれ。頼む。これでは、想うだけだった頃と、変わらない」

吐息交じりの問いかけに、真白は答えられなかった。

何を問われているのかもわからなければ、唇が緩みきっていて、まともな言葉を発せられそうになかった。内壁を前後にわずかばかり擦られる感覚に、心まで囚《とら》われる。

「ふァあっ、ア、っんん……！　あ、あ、あ」

繋がっているところからトロトロと混ざり合って、分けようのないものになっていく錯覚。

しつこく擦り続けられるのも良かったが、ぎりぎりまで引き抜かれ、浅いところからまた根もとまでゆっくり戻されるのもまた、怖いほど気持ちよかった。

（……全身、隅々まで、夕生さんに入り込まれてるみたい……）

体の上で柔らかそうに揺れている膨らみの頂、色付いたふたつの粒が硬く起ち上がっている。吸われているわけでも、撫でられているわけでもないのに、はっきりした昂りがそこに現れていた。

「何か言え……真白」

なおも声を上擦《うわず》らせることしかできない真白に、夕生は焦《じ》れたのだろう。

体重をかけて、のしかかってくる。太ももをさらに押し広げながら、最奥を突かれ、かつ、ぐりぐりとそこを撫で回されて、視界が白く弾ける。

「っん、ぅぁ、あ、あ、あ」

ああ、また。また、きてしまう。だめ……でも、何がだめなのだった？

腰から下の快感が、頭を侵す。制御しようなどと傲慢《ごうまん》だと、本能が暴れ出す。

ただ今は欲しくて、怖いのになお欲しくて、何も考えられないまま夕生の背中にしがみつけば、耳もとでふっと、安堵《あんど》したような声が聞こえた。

「嫌じゃ、ないと思っても……いいんだな？」

不思議と、迷い子を抱えているような感覚だった。胸の奥がぎゅっとして、真白はしがみつく腕に力を込める。汗ばんだ背中を、掌《てのひら》で撫で下ろす。

直後、夕生は限界まで真白を突き上げ、屹立《きつりつ》を震わせた。何かがどっと、奥に流れ込んでくる。

何が起こっているのか察するより先に、真白のこめかみには冷たい雫《しずく》がぱたりと落ちてきて——

夕生の汗だ。

ゾクリとした。

瞬間、内壁がぎゅうっと締まりきり、快感が一気に弾けた。

「ひァ、あああぁっ‼」

のたうつ腰に、裏返る声。一気に意識を飛ばしてしまいそうなほど、激しい到達だった。

我を失って喘《あえ》ぐ真白を、夕生はなおも組み敷いて離さない。揺れる乳房に好ましそうに顔を押し付け、白い肌に痕《あと》を与えてくる。

尖った先端は指先で何度も弾かれ、音を立てて吸われもした。途中から記憶が飛び飛びになっているが、夕生はずっと繋がりを解かなかったらしい。

最後は身じろぎするだけで弾けて、眠りに落ちた。

3　デートですか、やっぱり

――どうして、拒否しきれなかったの。

翌朝、自分の部屋に逃げ帰って、真白《ましろ》は愕然《がくぜん》とした。

夕生《ゆうせい》に抱かれてしまった。初めて、男の人と体の関係を持ってしまった。

それも、まだ出逢って間もないにもかかわらず、だ。自己主張できないにも程がある。

そしてもっとも衝撃だったのは、そんな行為にいっときでも溺《おぼ》れてしまったという事実だった。

(いやらしくて、恥ずかしくて、ラブホテルでするようなことなのに)

ずっと、抵抗感を持っていたはずだ。

両親がそれを生業《なりわい》にしていると知った日から。生々しい触れ合いを避けたくて男性とも距離を置いていたし、恋愛だってしてこなかった。これからも、する予定はなかったのだ。

それなのに。

嫌ではなかった。

むしろ、思い出すたびに胸がいっぱいになる。

無我夢中で肌を撫《な》でる掌《てのひら》、幾度も熱っぽく押し当てられた唇、降ってきた切なげな吐息……内側を慣らそうとする強引な質量さえも。

「どうして……」

そんなことがあって、この日、真白はメイドたちの目を盗んでこっそりと屋敷を出た。用意されているであろう朝食を無駄にするのは気が引けるが、食事の席で夕生と顔を合わせて、平静を装える自信がなかった。

全身に漂う気怠《けだる》い熱を逃せないまま、通勤電車にぼんやりと揺られる。

――もう、何も考えたくない。

考えたところで、結論が出るわけでも万事解決するわけでもない。今はただ、目の前のことだけこなせたらいい。そう思って、出社した直後だ。

スマートフォンに、同じ相手から三度もの着信が残されていることに気づいたのは。

「もしもし、おばあちゃん⁉」

休憩時間を待って、着信の主――祖母に電話を掛ける。

てっきり、倒れたとか怪我をしたとか、その身によくないことがあったのだと思った。

祖母は矍鑠《かくしゃく》とはしているが、すでに七十代も半ばだ。生きがいだからといって今もなお下宿を経営し続けているものの、最近はそこに住む学生たちに力仕事やら庭仕事やらをお願いしてやってもらっていることを真白は知っている。

『あらあ、真白ちゃん』

しかし祖母は応答するなり『ゆーくんと新婚生活、うまくやってる?』などとのんびり言う。

「ゆ、ゆーくん？」

『そう。籍、入れたんだろ。ゆーくんから昨日、連絡があったよ。それで、どうしてるかなと気になってね。電話してみたってわけさ』

顎《あご》が外れそうになる。

ゆーくん。夕生のことにちがいない。

「お……おばあちゃん、夕生さんのこと、知ってるの……？」

『もちろん。先月だったかね、真白ちゃんをお嫁にくださいって頭を下げに来たのさ』

なんだって、と真白は心の中で言い返す。

『ゆーくん、本当にいい男だねえ。女方みたいにきれいな顔つきで、しかもホテルツジクラの御曹司ときた。ばあちゃん、ふたつ返事で真白ちゃんを差し上げますって言ったよ。引っ越しの書類にも、判子ポンさ』

「ポン!?」

聞けば、真白の部屋を引き払ったのは祖母らしい。大学入学時に初めて部屋を借りる際、そういえば祖母が手続きをしてくれたのだったと思い出す。

「そんな……初対面の人に、そんな簡単に孫をあげますって言っちゃったの……？」

『いや、だってもともと許嫁《いいなずけ》だったんだろ？　その話もゆーくんから聞いたよ』

「う、嘘だとか思わなかったの？　御曹司とか、許嫁とか、どう考えても怪しいでしょ」

『そりゃ、最初はちょっと疑ったよ。でも、そういえばなんとなく、聞いたかもしれないと思い出してね。あの子……真白ちゃんのお母さんからさ。ばあちゃん、最近どうにも物忘れが激しいから、詳しくは覚えてないんだけどもね』

あははと笑う祖母に、真白は苦笑しかできない。

あまりにも警戒心がなさすぎる。己の記憶の不確かさを自覚していながら、なんとなく、で他人を信じてしまうなんて――いや、だが。

それを言ったら、真白だって初対面で夕生の話を信じた。信じられるだけの証拠を、新川《しんかわ》に見せられたから。ならば祖母も同様の証拠を見せられたのかもしれない。

「そっか、わかった……」

成り行きは承知した。ロッカールームの隅で、真白は息を吐きながらふと思う。

今夜は祖母の家に泊めてもらえばいいのではないか、と。突然の結婚で困っていることを伝えれば、祖母だって無下《むげ》にはできないはず。帰宅しなければ、夕生と顔を合わせずに済む。

しかし真白がそれを言い出す前に、祖母が言った。

『ゆーくんはきっと、真白ちゃんを幸せにしてくれるよ』

しみじみとした口調で。

『なんたって大金持ちじゃないか。ばあちゃん、爺さんが甲斐性《かいしょう》なしで苦労したからね。仕方なく自力で下宿屋を始めてさ、娘たちを食わせるのに毎日精いっぱいでさ。そりゃ大変だったよ。男はやっぱり稼ぐのが一番さ』

「お金が決め手なの……？」

『すくなくとも、ばあちゃんに仕送りをするために必死で働く生活より、ぜったいにいい』

そうだ。真白は社会人になってから、祖母にすこしずつ仕送りをしている。

学生時代、手もとに置いてくれた。居場所を作ってくれた。

そんな祖母に、恩返しがしたかった。

「必死だなんて、そんなふうに思ったことないわ、わたし」

『今はね』

「これからだってそうよ。いずれはおばあちゃんとまた、一緒に暮らすつもりだったし」

『そう言うと思ったよ。で、真白ちゃんは優しいから、介護までするって言うだろうよ。自分の結婚を、後回しにしてでもね。それはだめだ。富豪と縁があったなら、嫁に行って贅沢をうんとさせてもらわなけりゃ。十代の頃から大変な思いをしてきたぶん、めいっぱいさ』

祖母はどうやら、夕生と結婚することで真白が必ず幸せになれると思っているらしい。老いていく自分から突き放すためにも、強引な結婚話に乗ったのかもしれない。

途端に真白は、何も言えなくなった。

(……困惑《こんわく》してばかりだなんて、伝えられそうにないわ)

今夜、泊めてほしいということも、そう。

ならばビジネスホテルに一泊……という考えも浮かばないことはなかったが、その日、真白は退社後に大人しく夕生の屋敷へ戻った。

入れてしまった籍をそのままにはできないし、するといつまでも逃げ続けることはできないのだから、せめて話し合いだけでもしなければと思った。

恐る恐る、夕食の場に顔を出す。

だが、夕生の姿はいつもの席になかった。

今週はずっと職場に泊まり込みになるそうです、とメイドに言われ、ほっとして膝から力が抜けそうになる。覚悟を決めて来たくせに、まったく情けない。

「真白さま」

夕食を終えて部屋に戻ろうとすると、新川に呼び止められた。

「夕生さまから言伝を預かっております」

「夕生さんから、ですか？」

「はい。土曜、ホテルツジクラ東京本館ロビーに十一時だそうです。ご一緒にお食事をなさるとか。わたくしが送迎させていただきますので、当日、十時半に車止めまでお越しください」

頭をがんと殴られたようだった。

そういえば、誕生日を祝ってもらう約束をしていたのだった。すっかり忘れていた。

(でも、あんなことがあったあとで誕生日祝いだなんて、夕生さんは気まずいと思わないの？)

夫婦になったのだから、体の関係くらい当然だとでも考えているのだろうか。

ああ、きっとそうだ。それこそ、そういうものだと思っている、と言った夕生らしい。

それならばそれでいいと、真白は思う。お互いに気まずい状態で顔を合わせたら、それこそぎくしゃくするだろう。ぎくしゃくしたまま、おめでとう、ありがとう、と言い合う……考えただけでしんどい。だって、真白はすこしも忘れられていない。

彼の体温、脈の速さ、しっとりと張り付く肌の感触――一日経っても、はっきり覚えている。それどころか思い出すたびに何故だか切なさが増して、胸のあたりがキシキシして、わけもなく追い立てられているような気分になるのだ。

そうして迎えた土曜――。

真白は例のごとく、メイドたちに朝から風呂に入れられた。隅々まで磨かれただけでなく、さらに粧《めか》しこまされて……。

ボウタイがあしらわれた薄い桃色のミドル丈ワンピースに、キャメルのハンドバッグ。髪はきれいに編み込まれ、パーティーにでも出席できそうなアップスタイルだ。

送迎用のリムジンに乗り込むと「お似合いですよ」と前方から声を掛けられる。運転席と座席の間にある仕切り板は下げられていて、そこから新川が斜めに振り返っていた。

「夕生さまもきっと、目が釘付けになると思います」

「ありがとうございます。恐縮です……」

新川の気遣いはありがたいが、真白はそれどころではなかった。

動き出したリムジンの中、耐えきれずため息をこぼしてしまう。

「……はあ」

本当に、どんな顔をしてお祝いなんてしてもらったらいいのだろう。結婚のことだってまだ、前向きに考えられるようになったわではないのに。

うなだれていると、運転席から「大丈夫ですか」と問われた。

「酔われましたか？　もうすこしゆっくり走りましょうか」

「あ、いえ！　そういうわけでは……」

「では何か、気がかりなことでも？」

核心をつく問いに、真白はぐっと返答に詰まる。

新川は知っているのだろうか。新川が夕生と真白の入浴時間を被せた所為で、ふたりが男女の仲になってしまったことを。いや、それこそ新川の思う壺《つぼ》だったのだろう。だからこそ、知られたくないとも思う。

(新川さん、恨みますからね)

じっとりと念じつつ密かに睨《にら》めば、新川は小さく身震《みぶる》いをした。


「すまない。仕事が押した」

夕生は十一時をすこし過ぎて、約束のロビーに姿を見せた。

「いえっ。わたしも今、着いたところで……」

ソファから立ち上がりつつ、真白は気まずさを忘れて見惚《みと》れてしまう。

ホテルの制服らしき、水色のパイピングが施されたグレーのスーツ。ストライプ模様のネクタイ。『総支配人　辻倉《つじくら》』と刻んだ金のバッジと合わせ、華やかな顔立ちの夕生によく似合う。

長めの前髪がすっきりと左右に流されているのも、際立って見える所以《ゆえん》かもしれない。モダンなロビーの光景含め、すべてが夕生のためにデザインされたもののよう。

「まずは、先日の非礼を詫《わ》びたい。申し訳なかった」

すると、目の前までやってきた夕生は名札を取り、おもむろに頭《こうべ》を垂れた。

「無理強いをしたと自覚している。詫びて許されるものでもないが、だからといって開き直るのもおかしい。許さなくてもかまわないから、せめて、頭を下げさせてほしい」

背すじの伸びたきれいな礼に、真白は少々仰《の》け反《ぞ》ってしまう。

非礼というのはつまり、あの晩の出来事にちがいない。なにも、こんなところで詫びなくても。

襲い来る気まずさに、視線を定めていられなくなる。

「いえ、あの、か、顔を上げてください」

言いながら、行き交う宿泊客の視線を感じてますます焦《あせ》った。

「謝罪なんて、必要ありませんから」

「いや。けじめは必要だ」

「いいんですっ。わたしが悪いんです。きちんと、断るべきだったんです」

「悪いのがおま――いや、きみであるわけがない。非はすべて、俺にある」

「そ、そうはおっしゃいますが、わたしだって、夕生さんを責められる立場にはありませんっ」

真白は必死だった。

というのも、宿泊客のみならず、フロントのコンシェルジュまでこちらを見ている。いや、ドアマンや、ベルガールもだ。

当然だろう。彼は総支配人なのだ。ホテル全体の責任者であり、そのうえこのグループ会社の後継者なのだ。頭など下げていたら何事かと思われるに決まっている。

「お願いですから、どうか顔を上げてください……！」

窮して肩を掴めば、夕生はようやくわずかに顔を上げた。

「恨んでさえくれないんだな」

まるで自嘲《じちょう》するような表情で。

「え？」

「いや。なんでもない」

なんでもないふうには見えない。

しかし真白が何か言うより先に、体勢を戻した夕生がパッと目を丸くした。

気づいたように、真白の、頭の先から足の先までを視線で撫で下ろす。見惚れているようでもあり、感激しているようでもあって、真白は少々居心地の悪さを感じる。

「あの……？」

首を傾げて窺《うかが》うと、夕生は我に返ったようだ。

「悪い。あまりにも、うつく……」

言いかけて、パチンと掌で口もとを覆った。

「夕生さん？」

「気にするな」

先ほどから本当に、なんなのだろう。

真白が首を傾げれば、目の前に掌を翳《かざ》される。これ以上追求するなとでも言うように。そうして、夕生は「腹は減っていないか」とあからさまに唐突な話題転換をした。

「お腹ですか？　夕生さんこそ、朝ごはん、食べていらっしゃいませんよね？」

「俺のことはいい。俺はきみの……ああ、深追いはやめよう。昨日の二の舞になる。では、ひとまず敷地内を案内することにしよう。当ホテルに滞在の経験は？」

「……その、すみません、世間知らずで……」

「詫びる必要はない。初めてなら、そうだな。庭から見て回るのがいい」

くるりと踵《きびす》を返した夕生は大股で、ロビーをずんずん突っ切って行ってしまう。

慌ててハンドバッグを胸に抱え、追いかけようとしたが難しかった。ここまで高いヒールの靴を履いたのは、生まれて初めてなのだ。

もたついていると、目の前を団体客がぞろぞろと横切っていく。いけない。このままでは、夕生を見失ってしまう。

そこで夕生は気づいたらしい。すぐに引き返してきて「悪い」と焦ったように言った。

「すまない。女性のエスコートには慣れていない。が、努力する」

そうして気まずそうに差し出された手に、真白はどきりとする。

あの晩、真白の肌を暴《あば》いた手。真白を淫《みだ》らに乱して、啼《な》かせた手。あのときの、熱に浮かされたような感覚が一瞬、舞い戻ってきたようで――。

「無理強いはしない。嫌でなければ、だ」

投げやりに告げられた言葉が、それでも充分、優しかった。

思えばあの夜、夕生は強引でも乱暴だけはしなかった。ずっと丁寧に、熱心に、宝物のように扱《あつか》ってくれた。無我夢中に見えても『最善を尽くして』くれていたのだろうと思う。

緊張しつつも、真白はおずおず手を伸ばす。差し出された掌に、素直に己の掌を重ねる。ほんのり汗ばんだ掌は、生々しいのにやはり、すこしも嫌ではなかった。

(……不思議……)

足もとがふわふわして、落ち着かない。

夕生の手に導かれて歩き出すと、床の大理石は、まるで雲のような感触に思えた。

「こっちだ」

建物を出ると、待っていたのは一面の緑だ。

ホテルに辿《たど》り着く手前で、都心なのにやけに自然が多いと思ったが、あれはすべてホテルツジクラの庭だったらしい。ホテルの裏手を取り囲むように茂る木々は大木ばかりで、離れの料亭に至っては、立派な竹林の奥にあった。

「わあ、滝……!」

もっとも見事だったのは、二段構えの滝だ。

池の半分を取り囲む崖から、飛沫《ひまつ》を上げてどうどうと水面を打っている。

ところどころ動く赤は、錦鯉《にしきごい》に違いない。広がる波紋に砕けた木々の緑が映り込み、朱色の太鼓橋とのコントラストはまさしく雅《みやび》だった。

「……こんなに水量がある人工池、珍しいですね」

「ああ。池泉回遊式の日本庭園はうちのシンボルだ。歴史は江戸の武家屋敷にまで遡《さかのぼ》る」

「そんなに古いお庭なんですか⁉」

「まあな。ところどころに置かれた石灯籠《いしどうろう》など、まさしく当時のままのものだ。この先も、手入れをしながら後世に残して行く。本館は、近々建て替えが決まっているんだが」

「建て替え？　ホテル、建て直すんですか？」

そうだ、と夕生は頷《うなず》く。

「年末には着工だ。俺が支配人になって、最初で最後の大仕事だと思っている」

それから、流れ落ちる滝を見上げ、語った。

建て替え後のホテルを通して、日本文化の継承と世界への発信に尽力したいこと。海外からの観光客に、日本らしいホスピタリティを体感してもらいたいこと。日本人にとっても、古き良き伝統に触れられる場所にしたいこと――。

「いずれは国民全体にも誇らしいと思ってもらえるような、日本の文化をここに創造する。というのが、俺が先祖から受け継いだ役割であり命題だ」

夕生の言葉を聞きながら、真白はなんだか着地していくような感覚を覚えていた。

己の中にある、ふわふわとした不思議な感覚が、あるべき場所へと。

「……それも、そういうものだと思っている、んですね」

問いかけた真白に一瞬目を丸くして、それから夕生は力強く頷いた。

「そうだ」

ベストを尽くすと、言っているように聞こえた。

ぼんやりと、リムジンの中で新川から聞いた話が耳に蘇《よみがえ》ってきて、ああそうか、と真白は腑《ふ》に落ちた。彼が言うところの『そういうものだと思っている』は、諦《あきら》めではない。

覚悟なのだと。

途端、真白の脳裏には白と黒の縦縞《たてじま》模様が無音ではためく。

黒い額縁に収まってしまった父と母の笑顔。視界を不確かにぼやけさせる、むせ返るほどの線香の煙。曇天《どんてん》をつくように聳《そび》えていた、偽物の城。

いつか、覚悟は決まると思った。

そのうち足が向くだろう、と。そうして背を向け続けて後悔した経験があるくせに、真白は今も同じ過《あやま》ちを繰り返している。廃ホテルの始末どころか、両親の遺品整理すら手つかずの状態で、すでに一年が経過してしまった。

どんなきっかけがあれば、立ち向かう気になれるのか。

そんなことすら見当がつかない。

「館内も案内しよう。ベーカリーや土産物屋が並ぶ専門店街、披露宴などに使われるホール、衣装室やプールも見てもらいたい。ああ、それから、コンシェルジュが常駐するエグゼクティブフロアに、最高の眺望が楽しめる客室もだな」

そう言う夕生に手を引かれ、真白は館内を巡った。

地下のホールに天井の高いチャペル、衣装室、プールにジム、テナント街……。真新しい施設ではないが、手入れが行き届いていて古く感じさせないところに老舗の矜持《きょうじ》が見える。

「総支配人、お疲れさまです！」

バックヤードでは、たびたび従業員たちから声を掛けられた。

「ああ、鈴木《すずき》くん。夜勤明けか？　お疲れさま」

ここでも夕生はまた、スタッフたち全員の名前と予定をきっちり把握していた。

だからなのか、声を掛けてくる者は皆、笑顔だ。真白にまで、丁寧に挨拶《あいさつ》をくれる。

「奥さまでいらっしゃいますか？　初めまして！」

「あっ、はっ、はい！　こちらこそ、初めまして」

反射的に『奥さま』を受け入れてしまい、焦ったのも束の間だ。

「可愛《かわい》らしい奥さまですね」

「……ああ」

そう応えた夕生の声が気の所為か弾んで聞こえたら、少しだけ……ほんの少しだけ、胸のあたりがくすぐったく感じられた。

「まだ案内できていない場所もあるが、そろそろレストランの予約時間だ。残りは、食事が終わってからにしよう」

やがて夕生が腕時計を見ながら言ったとき、真白は油断して思わずよろけた。

「どうした？」

「あ、いえ」

一歩下がって、誤魔化《ごまか》そうとする。

実はずっと、慣れない靴で踵《かかと》が痛かったのだ。多分、靴擦れしているのだと思う。だがせっかく案内してもらっているのに、歩けませんとは言いたくなかった。

「見せてみろ」

しかし夕生は屈《かが》み込み、すぐに異変を見つけてしまう。

「ひどい靴擦れじゃないか！　何故、すぐに言わなかった!?」

眉を寄せた表情が、いかにも沈痛そうだ。

「いや、気づいてやれなかった俺の責任か。すぐに手当てしよう。俺の肩に掴まれ」

「いっ、いえ、大丈夫です。ひとりで歩けますっ」

「こんなときまで本音を隠すのか」

苦々しげに息を吐いた夕生は、真白の腰に手を添える。そして「じっとしていろ」と言うなり、あろうことか真白を横抱きにしてしまった。

「やっ、降ろしてくださいっ、本当に歩けますからっ。嘘じゃありませんっ」

慌てて、両脚をばたつかせる。ロビーほどではないが、ここにも人目はある。庭を散策していた老夫婦が、ぎょっとした顔でこちらを見る。

「は……は、恥ずかしいです……！」

意を決して本音を言ったのに、夕生はまったく意に介さないといったふうだ。

「無理をしては傷口を悪化させるだけだ。いいから黙って抱かれていろ」

「で、でもっ」

館内に戻ったその足で、迷わずバックヤードに入って行く。『関係者以外立入禁止』と書かれた扉の向こうへ、真白を抱えたまま、だ。

一気に内装は簡素になり、まさしく仕事場という雰囲気に、真白はますます焦る。

「夕生さんっ、わたし、部外者ですっ」

「何をわかりきったことを」

「降ろしてくださいぃ」

「断る。そんなに騒ぐと、事務所から人が来るぞ」

それはもっと困る。真白は咄嗟《とっさ》に黙り、その隙に夕生は通路の先へ。

連れて行かれたのは『総支配人室』と書かれた金のプレートが掲示された部屋だ。

ぱたりと扉が閉まると、目に飛び込んできたのは壁一面の書棚とパソコンデスク、そしてローテーブルと黒革のソファだった。

「ここって……」

「俺が普段、仕事に使っている部屋だ」

しんとした室内には、ブラインドの隙間から細く断片的な正午の陽が差し込んでいる。

ほんのすこし、埃《ほこり》っぽい匂いがする。図書館のような匂いだ。

それもそのはず、書棚には溢《あふ》れんばかりに本が詰め込まれ、デスクの上にも栞《しおり》の挟まれた洋書が山積みになっている。夕生のものだろう。勤勉なのは一目瞭然《いちもくりょうぜん》だ。

パソコンの前に置かれているのは、ＶＲゴーグルだろうか。タブレットは作業途中なのか、電源が入ったままだ。片っ端から仕事を片付けつつ、合間に本を読んで知識を蓄えている……という雰囲気だった。

(夕生さんらしい仕事部屋……って言ったら、知ったかぶりかな)

周囲を気にする真白をソファに降ろし、夕生は戸棚から緑色の薬箱を出してくる。そして迷うことなく真白の前で、カーペットに跪《ひざまず》いた。

「俺の膝に脚を掛けろ」

どきっとしてしまう。

片膝をついた夕生の姿は、まさに王子さまそのものだったからだ。

「あの、自分で、できます」

「だめだ」

掴まれた脚を引っ込めようとしたが、強めの力で引き留《と》められた。

真剣なまなざしが、踵に落ちる。太ももがやけにスースーして、いたたまれない。

「脱げ」

「えっ!?」

「おい、誤解するな。手当ての邪魔になるからだ」

つまり夕生が脱げと言っているのはストッキングのことらしい。そう気づいたのは、彼に背を向けられてからだった。見ればストッキングの内側で踵の皮膚が破れ、血が滲《にじ》んでいる。

おずおずとスカートの中に手を入れ、それを下ろした。

「ぬ……脱ぎました……」

振り返った夕生の視線が、足先に落ちる。それだけで、頬がじんわりと熱くなる。

足首を掴まれ、彼の腿の上にのせられると、心臓が止まってしまいそうだった。

「すこし痛むかもしれないが、我慢しろ」

ひやりとあてがわれた消毒液のガーゼに、太ももが震える。

(どうしよう……心臓、壊れそう……っ)

夕生の手が動くたび、呼吸が浅くなる。

緊張が血液にのって、全身を駆け巡っていくみたいだ。脈をこんなに、痛いくらいに感じたことは今までになかった。初めて抱かれたときより、もっと緊張しているかもしれない。

彼の職場を見て回り、考えを聞かせてもらったあとだからか——。

ここへ来る前よりずっと、夕生という人を近くに感じる。

それで真白は絆創膏《ばんそうこう》を貼られるまで、どんな手当てをされているのかもわからなかった。

「これでどうだ」

つま先からするりと靴を履かされると、踵はすんなりと収まった。

どんな魔法を使ったのだろう。もう痛みはない。

「大丈夫です。ありがとうございます」

「そうか。だが、レストランまでは移動できないだろうな。抱いて行ってやってもいいが、さっきの様子を見ていると、動転して食事どころではなくなりそうだし、やめておくか」

「キャンセルするってことですか？　でもこんな直前じゃ、ご迷惑になります」

「いや。キャンセルはしない。変更するんだ。レストランから、部屋食に」

「部屋食って――」

まさか、レストランから総支配人室まで料理を運ばせようとでもいうのだろうか。それこそスタッフの手間になるし、そもそも職権濫用《らんよう》にあたる。夕生らしくもない。

「わたし、歩けますよ？」

焦って訴える真白に、夕生は内線の受話器を取りながら背中で言う。

「いいから、黙っていろ」

「ですが」

それからこちらを振り返り、デスクに軽く腰掛けて、口角を上げた。

「俺にできないことはない」

王子さまどころか皇帝――まるで覇者の笑みといったふうだった。

4　俺にできないことはない

てっきり、すべて夕生《ゆうせい》の意のままだという意味だと真白《ましろ》は思った。辻倉《つじくら》の血すじと立場を持ってすれば、無理な願いでも周囲が叶えてくれる。だから、できないことはないのだ、と。しかし。

「お待たせいたしました。季節野菜のムース、コンソメジュレ添えです」

落ち着いた口調でそう言って、夕生は真白の前のテーブルに料理の皿を置く。腕には白いナプキンを下げ、片手に三枚の皿を持った姿はウェイターそのものだ。

そう、夕生は部屋食にあたり、自ら給仕役を買って出た。

料理をワゴンに乗せ、レストランから運んできたのも夕生だ。

「ワインをお注ぎしてよろしいでしょうか？」

「あの、まだ、続けるんですか」

「お注ぎしてよろしいでしょうか？」

「……お願いします……」

まさか、できないことはないイコールどんな仕事でもこなせる、という意味だとは。

「シャトー・マルゴー、西暦二〇〇〇年の品でございます」

ワインのラベルを見せながらグラスに注ぐ仕草《しぐさ》も優雅で、真白は調子が狂いっぱなしだ。

まず、敬語がくすぐったい。低い声とあいまって、社交ダンスのようになめらかに聞こえる。出逢ってからというもの、夕生はずっとぶっきらぼうな口調だったというのに、まるで別人だ。

「遠慮なさらず、どうぞお召し上がりください」

「っ……いえ、その」

そう言われても、カトラリーに手を伸ばす気にはなれなかった。

立ちっぱなしの夕生の前でひとり、ソファにゆうゆうと腰掛けてなどいられるわけがない。

「夕生さんも、一緒に食べませんか？」

「同席せよと？」

「そう……いうことに、なると思います」

「承知いたしました。では、先にすべてのお料理を並べさせていただきましょう」

「えと、口調ももとに戻していただけると、嬉しいんですけど……」

「なんだ、注文が多いな。まあいい。嬉しい、というのは初めて聞いた。その言葉に免じて、応じることにしよう。できるじゃないか、自分の気持ちを表に出すこと」

それは、そうしなければ夕生がどんどん物事を進めてしまうからだ。

必要に駆られて、表に出さざるを得ない。が、それでもすこし、気分が良かった。

重い鎧《よろい》を脱いだ感じだ。ずっと脱げない、脱ぎ方がわからないと思っていたが、夕生に振り回されているうちにすっぽ抜けていたのだろう。

「たまには給仕も一興だと思ったんだが」

ぼやきながらも、夕生は料理を並べ終えて、真白の向かいのソファに座った。

さて食べるか、とナプキンを手に取る姿はすっかり普段の彼だ。ほっとする反面、やはり真白は落ち着かないままだった。なにしろ、部屋に二人きり――。

「誕生日おめでとう」

掲げられたワイングラスに、どぎまぎしながらワイングラスを持ち上げて応える。

「ありがとうございます」

グラスの縁《ふち》に口をつけると、ふわっとアルコールの香りが鼻に抜けた。今まで嗅いだことのないような、華やかで豊かな香りだ。不思議と、夕生を思わせる。

だから余計に緊張しつつ、真白はそれをほんのすこし口に含んだ。

「おいしい……！」

「そうか。シャンパンと迷ったんだが、口に合ってよかった」

口調からして、これもまた、わざわざ夕生が真白のために用意したものなのだろう。

もったいないくらいの気遣いだ。そんなにしてくれなくてもいいのに、とグラスを置きながら思う。そこまで丁重にもてなしてくれなくても、ホテル内を案内してもらえただけで充分――。

充分、なんだというのだろう。自分のことなのにわからない。

ぼうっと考え込みながらナイフとフォークを手に取り、前菜をひと切れ口に運ぶ。

途端、咀嚼《そしゃく》するまでもなく真白は目を見開いた。

「これっ……これ、なんですか⁉」

こんなに美味しい料理、初めて食べる。

マナー講座の最終日にフレンチレストランで食事をしたことがあるが、段違いだ。

「季節野菜のムース、コンソメジュレ添えだ」

さっきも説明しただろう、と言いながらも夕生は気をよくしたらしい。

「こっちもうまいぞ。食べろ。子牛のソテー、バルサミコソースだ」

「子牛……なんだかちょっと、食べるのをためらいますね。……わ、柔《やわ》らかい」

「全然ためらってないじゃないか」

「えっ。そ、そうですか？　でも、だってわたし、バルサミコソース大好きなんです。常に一本はストックしているくらい。ん、これもとってもおいしいです」

何を言っているのかわからなくなってきた。

追い立てられるようにせっせと食べていると、夕生はテーブル越しに真白を見つめたまま意外そうに「へえ」と腕組みをした。

「随分《ずいぶん》、明かしてくれるようになったんだな」

柔らかく向けられた視線に、全身がそわそわと落ち着かなくなる。まるで炭酸のお湯に浸《つ》かっているみたいだ。なんだかくすぐったくて、けれどいつまでもこうしていたい。

（どうして、そんなふうに思うの、わたし……）

それから食事が終わるまで、夕生は気まぐれに真白に話を振った。

新人研修のときに系列店のレストランで給仕をしたこと。最初はとにかく現場を経験してみたくて、頼み込んでベルボーイや客室係、ドアマンなどの仕事もさせてもらったこと……。

時折、探るように質問を投げかけられて戸惑いもしたが、返答を強制されたりはしなかったので、終始和《なご》やかに話すことができた。

「きみが勤め先のカルチャースクールで生徒として講座に参加しているのは、生徒たちの満足度を身をもって知るためか？　どんな評価シートを導入している？」

「いえ、そういうつもりでは……。わたしのは、人数合わせなので」

「ふうん。俺は何度も、忍びでこのホテルに宿泊して、満足度を確かめているぞ。スイートからスタンダード、離れの和室までひととおり泊まったが、ガーデンビューの部屋はどれも、とてもよかった。自画自賛というやつだな、これは」

「本当にお好きなんですね、このホテルのこと」

「ああ。好きだし、そうであろうと努力している」

そう言った夕生が、ひたすら眩《まぶ》しくて誇らしい。

結婚の経緯は事故的で、巻き込まれるままにここまでやってきてしまった気がするけれど、その相手が夕生で良かったと初めて思った。一方、夕生は何やら考えている様子で、眉根を軽く寄せてうんと唸《うな》る。

「どうしたんですか？」

「いや。どうやって今から、きみを客室に案内しようかと思ってだな」

その視線がテーブルを透視するように足に向けられていると気づき、真白はああ、と思う。

「もう大丈夫ですよ。休んだら、痛みも引きました」

「そうか？　だが、無理はよくない。そうだ、車椅子でも借りて……」

「いえっ。そんな、大げさですよ！　靴をどうにかすれば、まだまだ、歩けます」

顔の前で手を振りながら言う真白を見て、夕生は何か思いついたらしい。

わかった、と言いながらつかつかと部屋を出て行き、白いものを手に戻ってくる。透明の袋に包まれたそれは、ホテルツジクラのロゴマークが記された客室用のスリッパだった。


ふかふかしたタオル地でできたスリッパは、軽やかに真白を最上階まで運んでくれた。通常、スイートルームの客しか入れない、エグゼクティブフロアという層だ。

幸い、宿泊客とはすれ違わなかった。

チェックアウト後かつチェックイン前という、妙なタイミングだったからだ。

「こっちだ。正面の窓から、庭が見渡せる」

大丈夫だと言うのに、夕生は真白の手を引いて客室内へと導き入れてくれた。

「すごい、滝、上から覗いてるみたい……！」

「だろう。ここは角部屋ではないし、バルコニーもないから、エグゼクティブフロアの中でもランクが低い部屋なんだが、俺はこの部屋からの眺めが一番好きだ」

気に入ったか？　と尋ねる横顔が、今までで一番リラックスして見える。

頷《うなず》きながら、この人がわたしの夫なんだ、と真白は浮かび上がるように思った。責任感がありすぎるくらいにあって、部下を大切にしすぎるくらい大切にして、なにより仕事に誇りを持った人。

なんて頼もしいのだろう。

すると、いきなりカードキーを差し出された。

「気に入ったなら、泊まっていけ。ちょうど、ここは今日空《あ》き部屋だ」

「……えっ、い、いいんですか？」

「夕食はルームサービスでも取るといい。今日の午後は、そうだな。マッサージを頼んでも、エステを呼んでもいい。俺からの、誕生日プレゼントだ」

有り難さを超えて、恐れ多い言葉だった。

思わず一歩、後ずさってしまう。

「嬉しいです、けど、でも、あの、お誕生日祝いならもう充分していただきました。あんな豪華なランチ、生まれて初めてです。給仕までしてくださいましたし、これ以上だなんて……」

「だが、あれだけではとても、最善を尽くしたとは言えない」

「最善って……」

「きみに対しては、どれだけしてやっても最善とは思えないだろうが」

どういう意味だろう。

なおもカードキーを受け取れないでいる真白の横を通り過ぎ、夕生は壁際のライティングデスクへと向かう。真白が振り返ると、カードキーはデスクの上に置かれるところだった。

「この部屋が気に入らないなら、屋敷に戻ってもいい。だが、明日になるまでじっとしていたほうが、足の痛みは取れるだろうと思う。きみの好きにしてくれ。俺はもう行く」

緩んでもいないネクタイを締め直す仕草は、プライベートに線引きをする儀式に見える。

「夕生さん、まさかお仕事に戻られるんですか」

「いや、仕事はすでに終えている。これから着替えて、屋敷に戻る」

「そんな。今夜、一緒にここに泊まらないんですか？」

「俺がいないほうが、きみは休まるだろう」

そんなことはない。

どうしてそんなふうに言うのか。

背を向けられ、真白は焦《あせ》って追いかける。誤解されたままで別れたくなかった。しかし直後、踵《かかと》が痛んで思わずよろけそうになると、すかさず伸びてきた腕が受け止めてくれた。

「大丈夫か？」

優しく尋ねる声が予想より甘くて、たまらなかった。

置いていかれたくない。腰を支えてくれている腕に、そっとしがみつく。

「い……行かないで……」

どうかしている。わかっている。しかし思うより先に、そう声に出していた。

まだ、離れたくない。もっと話を聞かせてほしい。なにより夕生をもっともっと知りたい。

「帰らないでください。お願い」

縋《すが》る想いで、そろりと顔を上げる。

夕生は眉をひそめ、信じられないとでも言いたげな瞳をしていた。

「正気か？　この間と同じく、痛い目に遭《あ》わせられるかもしれないんだぞ。もっと俺を警戒しろ。俺だって、きみの前では己を信用できないんだ」

「どういう意味ですか」

「一晩きみといて、冷静でいられるとは思えない、という意味だ。引き留《と》めれば、また後悔する羽目になる」

「……してないです。後悔なんて」

「俺に気を遣わなくていい」

「遣ってないです。本音です。本心から……側《そば》にいてほしいんです」

夕生さんに、このまま一晩、側に。

身を捩《よじ》り、真白は夕生の胸に額を寄せようとする。どうしても今、彼に触れたかった。しかし向かい合った瞬間、顎《あご》をすくい上げられ、斜め上から唇を塞がれる。

「っ……ふ、ぁ」

唇は角度を変えて、途切れることなく押し付けられる。

息継ぎをするタイミングが掴めず、真白は唇の端から、は、とどうにか呼吸する。

苦しい。だが情熱的な舌に深みを探られるのは、ひたすら快《よ》かった。これをずっと待っていたのだと、思わされてしまうほど。油断していた口内をくすぐられるとぞくぞくする官能が込み上げてきて、恍惚《こうこつ》とせずにはいられなかった。

（やっぱり……嫌じゃ、ない）

踵に力が入らず、よろりと後退したのもつかの間だ。

膝が、計算されたようにかくんと折れる。いけない、倒れる、と思ったときには、真白は広々としたベッドに仰向《あおむ》けで寝かされていて……。

「あ……」

天井を背に、夕生がネクタイを引き抜くところだった。

脚の付け根から、脳へとダイレクトに快感がのぼってくる。

ワンピースの裾《すそ》をたくし上げられた格好で、真白は腕を頭上に伸ばし、枕にしがみついた。夕生がじゅくじゅくと割れ目をしゃぶるたび、腰が跳ね上がって制御が利かなくなる。

「んん、ぁ……っ、ア！　ひぁ、あう」

まさかそんなところに、他人の顔が埋まる日が来ようとは。

恥ずかしいし、なんていやらしいのだと思う反面、もっと、と欲しがる気持ちを止められない。花弁《かべん》の内を這《は》う舌の感触は、生々しいからこそ心地いい。

そうだ。今度こそ真白は、流されたわけではなく、己の意思で夕生を止めなかった。

というより――。

拒否することなんて端から、頭になかった。

「あ、んぅ……ッん、ふ……」

無我夢中で、花弁に押し付けられる唇が熱い。勃ちかけた粒の先端が、舌先に掠《かす》められて声が引き攣《つ》る。そうして秘部が快ければ快いほど、急激に胸のあたりがもどかしくなった。

スカートの中は下着を剥《は》ぎ取られて裸も同然だが、胸もとはまだ、着衣に乱れもない。

脱ぎたい。脱いで、素肌で夕生と触れ合いたい。

「ゆ……せい、さ……っ」

脱いでもいいですか、と尋ねるつもりだった。

だが、膝が震えて、限界を伝えてくる。粒を吸い出され、舌の上で転がされて、強すぎる刺激に腰が浮く。このままでは、あっけなく弾けてしまう。

「ひァ、あんっ……待っ……夕生さん、ゆうせいさ……んっ」

かぶりを振って訴えたが、夕生は顔を上げなかった。

甘い果実でも味わうように、真白の脚の付け根にむしゃぶりついたままでいる。貪《むさぼ》らずにいられないとでも言いたげな情熱が、なにより真白を昂《たかぶ》らせた。

(だめ……だめ、きもちい……もう、きちゃう……きちゃう……っ)

ぐっと奥歯を噛む。脚の付け根が熱くて、下腹部が甘くて、苦しいくらいなのに、もっと、と願ってしまう。ほしい。欲しい、もっと。もっと強く。潮が満ちていくような気配に、背すじが粟立《あわだ》つ。無我夢中で夕生の頭をぐしゃぐしゃに撫《な》でたら、もういけなかった。掌《てのひら》をくすぐる黒髪の柔らかさにまでゾクっとして、快感が一気に堰《せき》を切る。

「あ、あ、あ……っ!!」

真っ白な世界への到達だった。

ガクガクと太ももを痙攣《けいれん》させ、たっぷりの愉悦に溺れる。

「は……っ、うァ、んンっ……あ、ああ……!」

前後も左右も、判別がつかないほど。

(すごい……ぃ、いいよぉ……っ)

周囲の音は遠ざかり、聞こえるのは自らの吐息だけ。夕生の体温と、真白の体温は内側から見事に混ざり、ままならない悦《えつ》に体じゅうを蹂躙《じゅうりん》されていく。

「……っ、は……」

溜めていた息を吐くと、夕生が上体を上げた。

ベルトを雑に引き抜きながら、まだ震えている膝の間に入り込んでくる。息が整わず苦しかったが、それでもかろうじて、真白は夕生の胸を押し返した。

「あ、の……少し、待っ……」

「悪い。聞けない」

夕生は真白の手を退《ど》かし、のしかかってくる。脚の付け根にあてがわれた固い塊《かたまり》は、それだけでゆるりと先端を埋めてしまった。前回の痛みやきつさが嘘のように、快さしかない。

「ん……っ、ッあ！　あ、なか、まだ、来てるのに……ぅ、んっ」

「止められるようなら、とっくに止めている……」

「ッぁ、んぁあっ、も……だめ、そんな、いっぺんに、っあ……っあう！」

ぐんと腹部を突き上げられ、瞼《まぶた》の裏に星が散った。

たっぷりの圧迫感に、蜜道が喜びわなないている。追って弾けた、のかもしれない。

(ぜんぶ……はいっちゃった、夕生さんの、が)

内側から腹部を、窮屈に圧迫されているだけで泣きたいくらいにいい。それなのに、角度を変えてさらに襞《ひだ》を押し上げられると、気を失ってしまいそうだった。

「こことここ、どちらがいいんだ？」

夕生はもはや、攻めることしか頭にない。

弾けたばかりの内壁を、隅々まで探りながら真白の反応を見ている。

わからない、と頭を振って訴えても、雄のものは怯《ひる》んでくれなかった。

「言え。知りたい。知り尽くしたいんだ。……奥か？」

「ヤっ、あ、あっ……そんな、押し付けられ、たらぁ、あ」

「そうか。この、真っ赤に腫《は》れたモノがやはり、一番いいのか」

接続部近くで膨れていたそれを撫でられ、声が引き攣る。

「ひぁッ、あぅ……っ」

「擦るのと、潰すのとでは、感じ方は違うのか？」

「あっあ、ア！　ま、また、くるっ……き、ちゃうのぉ、っ」

後ろ手にシーツを掻き乱し、真白は三度目の到達を迎える。腰は激しく暴れ、背中がばたばたとベッドを打つ。枕もとに置かれていたクッションが床に落ちても、止められない。

「もっとだ。もっと、おまえを……」

揺れる腰を引き寄せられ、内側をかき混ぜられ始めたから、真白はその腕に縋って訴える。

「ぬ……がせて……」

「うん？」

「服……脱ぎたい……の……っ」

快感も、もどかしさも、限界だった。

夕生は真白の奥に先端を押し付けたまま、意外そうに目を丸くする。内側に夢中になりすぎて、脱がしきれていないのを忘れていたのだろう。

直後、耳をじわじわと赤くして「ちっ」と舌打ちをした。

「じっとしていろ」

ワンピースの背中のファスナーに指をかけた夕生は、気づいたように動きを止める。

「あの……？」

疑問に思って尋ねれば、その眉間《みけん》には苦悶《くもん》が表れた。

「喋《しゃべ》るな。中……締ま、る」

悔しげに言って手を伸ばした先は、枕もとだ。

直後、かちっ、とささやかな音がして、紺色のカーテンが左右からゆっくりと動き出す。部屋がとても明るかったと気づいたのはそのときで、徐々に遮断されていく光を見ていると、真白はほんの一瞬だけ、舞台上で終幕を待つ演者の気分にさせられた。

しかし夕生はつまり、真白の服を脱がせる前に部屋を暗くしようと気遣ってくれたわけだ。

(本当に、不思議な人……)

ぼんやりしながらワンピースを脱がされると、ふいに、腰をすくうように抱かれる。引っ張り起こされて、ぎょっとする羽目になった。

「きゃ……、え、あ！」

夕生の太ももの上に、またがる格好になってしまったから。

(や、うそ)

これではまるで、真白から襲っている格好だ。気絶しそうなほど恥ずかしい。

硬直して動けない真白の前で、夕生は無言のまま、真白の体からレースのキャミソールを奪った。果実の皮でも剥《む》くように、べろりとだ。

ブラだけになると、恥ずかしさは頂点に達した。

ふたつの乳房は、夕生の目の前に差し出されている状態なのだ。

もうだめだと思う。顔から発火して、火だるまになってしまう。

「……くそ」

すると、背中を探っていた夕生の手が不器用に空《から》ぶった。

ブラのホックが、なかなか外れないのだ。

しまいにはぐっと引っ張られ、このままでは壊れてしまうと、慌《あわ》てて背中に手を回して、手伝う。

もどかしそうにそれを取り去る仕草が、意外でもあり、夕生らしくもあった。

思わずじっと見つめていると、恨めしそうに睨まれる。

「言っただろ、慣れてないって」

ばつが悪そうに言われたら、何故だかほっとした。しかし油断していられたのは一瞬だ。

剥《む》き出しになった白い膨らみに、顔を埋められる。くすぐったさに肩を揺らせば、すぐさま桃色の先端にかぶりつかれて飛び上がった。

「あ！」

内側のものがわずかに出て行き、すぐに夕生の肩に掴まったが、手が震えていた。

自ら擦ってしまった内壁が、腰を溶かすほど快かった。

「っ……ん……」

うっとりと息を吐きながら、胸もとを見下ろす。夕生はやはり眉根を寄せ、衝動に耐えながらも、
真白の右の頂《いただき》をさかんにねぶっている。唇を押し付けられるたび、しゃぶられて引っ張られるたび、
柔らかそうに揺れる乳房は卑猥《ひわい》だが神秘的だ。

「あ……あ」

与えられる刺激に促され、真白はもう、じっとしているのが苦しかった。下腹部がうずいて、もどかしくてたまらない。自然と胸を前に突き出し、真白は不器用に腰を揺らし始める。

夕生は真白に応《こた》えつつ、ジャケットとワイシャツを脱ぎ捨てる。中途半端にはだけたままだったズボンもだ。

（……夕生さんの腕の中って、どうして……こんなにきもちいいの……？）

そうして体が完全に、快感に貪欲になった頃だ。

夕生が片手を体の後ろにつき、わずかに背を反《そ》らしながら言った。

「油断していると、振り落とされるぞ」

聞き返すまでもなかった。

夕生の腰が、いきなり下から跳ね上げられたのだ。

「んぁアっ、ヤ、っ」

慌てて、夕生の首に抱きついた。それまでよりずっと激しく擦られた内壁が、切なく収縮している。確かに、このまま弾けたら夕生の膝どころか、ベッドからも転げ落ちそうだ。

「あ、あ、夕生さ……っ」

でも、もう腕に力が入らない。内壁がひくついて、太ももが震える。

必死でしがみつく真白を揺さぶりながら、夕生はどうにかして真白のスカートを脱がせられないか、格闘していた。しかし繋がったままではどうしようもなかった。

諦《あきら》めたのか、上半身だけが裸の状態でぎゅうっと抱き締められる。

とても大事なものにそうするように、力いっぱい。ちょうどいい温かさ、しっとりと呼び合うような感覚に、応えて広い背を抱き返しながら、泣きそうになった。

(知らなかった……人肌が、こんなに心地いいものだったなんて……)

たとえば卵の殻のようなものに守られている感じがする。

こうして温められているうちに、本当の自分へと羽化していくみたいだ。

「これでも……後悔していないと言えるのか」

探るように尋ねられたから、真白はかぶりを振った。

「ん……ぜんぜん……してないです……」

夕生の肩に額をくっつけ、こしこしとこすりつけるように。

「……調子に乗るぞ」

ぼそっと言った夕生は、体の後ろに両手を置いて、また、腰を動かし始める。

「んん、ぁ……っア、あ、んっあ！」

「ほら、ちゃんと……しがみつけ、よ」

「やっ、あっ、だ……って、きもちよくて、も、力、入らな……」

内側の快感に気を取られ、腕が緩むと、右の膨らみを掴まれた。寄せ上げるように揉《も》まれ、また、先端をいたずらにつままれると、唇までうまく閉めきれなくなる。

「っは……あ、あう、ふ……も、きちゃ……ぁ、あ……!!」

弾ける瞬間はせめて、しっかり抱き締めていてほしい。

言葉にはできなかったのに、背中には長い腕が回ってきた。ぎゅっと力を込められると、愛《いと》おしくてたまらないと言われているようで、錯覚でも嬉しかった。


枕もとのデジタル時計が二十時を示しても、夕生は真白を離してくれなかった。

一度は果てて、繋がりも解かれたのだが、すぐにまた組み敷かれ、変わらぬ硬さで入り込まれた。探られるのは深く、浅く、あるいは外側の粒と一緒に。首すじも胸も腹部も愛撫され続け、どこもかしこも敏感になりすぎて痛いほど。

「そうか……これが好きなのか、おまえは」

「……」

喘《あえ》ぐ力も、もう残されていない。

ぐったりしたままビクンと弾けると、タイミングよく床の上から呼び出し音が鳴った。夕生のスーツのジャケットからだ。仕事用のスマートフォンだろう。

無視するかと思いきや、夕生は顔を上げる。

それから億劫《おっくう》そうにため息をつきながらも、自身を引き抜いてベッドを降りた。

「ああ、俺だ」

スマートフォンを拾い、応じつつ寝室を出て行く。

ほっとした気持ちで、真白は、はあ、と息を吐いた。やっと解放された。と言っても、もうこりごりという感覚ではなかった。油断したら砂のように崩れそうな、快感で脆《もろ》くなった体が心地いい。

雲の上にいるような余韻を、掻き集めて目を閉じる。

続き部屋からは、ぼそぼそと夕生の声が聞こえていた。

「いちいち俺の指示を仰がなくていい。現場の者が、信じたように動け。責任は俺が取る。うん？その程度であっけなく失墜する信用なら、俺の生き方がまだ甘かったというだけだ」

仕事の電話なのだろう。

突き放すような口ぶりだが、その言葉はただ頼もしい。

ああ、そうか、と真白は納得する。常に最善を尽くすという、夕生の生き方。あれは己が背負った責任のためだけではなく、ともに働く従業員たちのためでもあるのだろう、と。

彼は己が何者であるかを知っている。

尽くすべき最善の意味を知っている。

（わたしは……）

恐らく、まだ知らない。彼に比べたら、何も。

生まれ育った環境に背を向けて、逃げ出したままで。

枕元のランプをつけ、心地いい声に耳をそば立てていると、通話を終えた夕生が戻ってくる。

「すまない。起こしたか」

「いえ。もう、こんな時間だったたんですね」

あれだけ濃密に絡み合ったあとで、恥ずかしいが、半分はもう夢心地だった。淡いオレンジ色のランプが、室内の暗さにじんわりと柔らかい色を与えている。

「夕生さんは……逃げ出したくなること、ないんですか」

シーツに包まったまま、真白はそう聞いた。

「逃げ出す？　どこからだ」

「……生まれついた立場とか、環境とかから、です」

「いや、別に」と、夕生は即答だった。

あっけらかんとした口調が、いかにも夕生らしかった。

名家の御曹司という立場に、一切疑問を持たない姿勢が清々しい。羨《うらや》ましいくらい、肝が据《す》わっている。いや、そもそも、ラブホテルと老舗リゾートホテルを同列に考えるのが、間違っていたのだろう。彼の苦労と真白の苦悩は、まったく別の種類のものだ。

と、夕生は床に落ちていたワイシャツを拾い上げながら言う。

「俺でよかった、とは思ったことがあるが」

ばさ、とそれに袖を通しつつ「こんな厄介《やっかい》な重責、背負わされたのが俺でよかった」と言った。

「他人が背負っていたら、はらはらする。しかし、自分が当事者ならやるしかない」

思わず目をしばたたいた真白は、直後に噴き出してしまった。

「普通、逆じゃないですか？　自分じゃなくてよかった、って」

「なんだ、その卑屈《ひくつ》な考えは」

「卑屈でしょうか」

「卑屈だろう。自分でなくてよかったというのは、やる前から音《ね》を上げるのと同じだ。己の能力を見くびるから言えることだ。俺には乗り越えられると思うから、よかったと思ったんだ」

とんでもない自信家だ。

しかし真白は、己の思考に欠落していたものをスコンと叩き込まれた気分だった。

自分なら乗り越えられる——そんなふうに思えたことは一度もなかった。

真白は終始、悪いのは生まれ育った環境だと思っていた。小学校でからかわれたのも、孤立したのも、その後、己を隠して振る舞ううちに自分の意見を言えなくなったことも。

己の外に、すべての原因があるのだと思っていた。

(もしも、わたしではない誰かが、わたしの生まれ育った環境にいたとして……わたしのように苦しんだり、逃げ出したりすることはなかった……?)

二の句を継げずにいる真白の二メートル先で、夕生はワイシャツのボタンを次々と留めていく。ネクタイを締め、ジャケットを羽織る。そして「仕事に戻る」ときっぱり、言った。

「え、今からですか」

「呼び出しがあった。臆病風を吹かせている部下がいるらしい。フォローに行く。明日の正午、また、迎えに来る。チェックアウトの手続きはせずに、待っていてくれ」

それから、立ったままサイドデスクに向かい、メモ帳に走り書きをした。

「今夜は、館内にいる。緊急の用事でもあれば、この番号に掛けるといい」

「番号……?」

「プライベートの電話番号だ。鳴らせば、飛んで来る」

真白を振り返らぬまま、夕生はペンを置いて部屋から出て行こうとする。引き留めたい気持ちもあったが、仕事なら致し方ない。寂《さび》しさを飲み込んで「夕生さんっ」と声を掛ける。

「行ってらっしゃい」

それは祖母の家を出て以来、初めて声に出す言葉かもしれなかった。

思えば誰かを見送ることも、見送られることも、ここ数年はなかった。

「お仕事、頑張ってきてくださいね」

家族みたいだな、と思う。いや、もう家族なのだった。真白は妻になったのだ。辻倉夕生という人の妻に。これでいいのかもしれないと、うっすら、思う。

すると夕生は扉の手前で足を止め、ぐっと言葉に詰まった。口もとを軽く掌で撫でる仕草は、なんだか弱っているかのようだ。

夕生さん？　と真白が小声で呼べば「まったく」と振り返らずに苦々しく言う。

「電話がなければ、抱き潰していたところだ」

「……え？」

「そんなふうに言われたら、俺でなくても火がつく」

そうして夕生は、まるで追い立てられてでもいるかのように、大股で部屋を出ていってしまった。

ひとり残された部屋、真白は抱えた膝に突っ伏して長い息を吐く。

念入りに愛《め》で尽くされた体が、心地よく気怠《けだる》い。シーツに肌が擦れるだけで、ぞくぞくと鳥肌が立つくらい。けれど目はすっかり冴えてしまって、到底眠れそうになかった。

(夕生さん……)

何故だろう。夕生の顔を思い出すと、体の奥から甘い痺《しび》れがのぼってくる。まるで彼自身を深々と埋め込まれたときのように、身悶《みもだ》えしたい感覚に陥《おちい》る。

あんなに淫らな行為が、どうしてこんなに切なく胸に残るのか、わからない。

どうして——どうして。

離れたばかりなのにもう、逢いたくなっているのだろう。

5　恋に落ちました

月曜、出勤して受付カウンターに立ったものの、真白《ましろ》はうわの空だった。

夕生《ゆうせい》の顔が、頭から離れない。

「……どうしちゃったの、わたし」

閉じた名簿をぼんやりと見下ろしながら、張りのない声で呟《つぶや》く。

夕生と二度目に抱き合ってから、ずっとこうだ。覚めない夢の中にいるかのよう。すでに二日近く経過しているのに、どうしても甘い記憶が薄まってくれない。

過去に、なってくれない。

もしかしたら、心だけ、あの客室に置いてきてしまったのかも、と思うほど。

(だめだめっ。仕事に集中しなきゃ！)

ぶるぶるっと頭を振って、カウンターの内側で名簿を捲《めく》る。

今日から新しい講座がふたつ始まる。と同時に、アラビア語講座は今日で終了だ。修了証の発行……はもうしてあるから、名前を確認して、講師に渡さなくては。

名簿を指で辿《たど》っていると「真白ちゃーん！」エントランスのほうから呼ばれる。顔を上げると、常連のおばさま……花村《はなむら》がパッチワークのバッグを手に駆けてくるところだった。

「一週間ぶり！　今日、どこの教室かしら？」

「おはようございます、花村さん。ハワイアンキルトですよね。ええと、C教室です。二階の手前の。……今日は、ご友人の皆さんはご一緒じゃないんですか？」

いつも集団でいる様子を思い出して問えば、手招くようにして言われた。

「それがね、電車が止まっちゃったんですって！　十分くらい遅れて着くそうよ」

「えっ、電車、遅延してるんですか？」

もしやと調べてみれば、まさにアラビア語講座の講師が利用している路線だった。

こんなときのために、講師陣には早めに教室入りしてほしいとお願いしてあるのだが……まだ来ていないところからして、遅延に巻き込まれている可能性は高い。

電話して確認すべきだろう。講師名簿を捲り始めると、花村はいきなりカウンターに身を乗り出し、口もとに手を添えて声をひそめた。

「ね、この間のあれ、予約しておいたからね」

「予約……ですか？」

わけがわからず首を傾げる真白に「ラウンジよ、ラウンジ！」と彼女は同じ体勢で言う。

「ホテルツジクラ東京本館のね。約束したでしょ、うちの息子との食事」

途端、夢心地から弾き出された気がした。

そうだ。以前、そんな話をされたのだった。

「あの子ったら、真白ちゃんが会ってくれるって伝えたら喜んじゃって。早速スーツを新調しに行っちゃったのよぉ。張り切るわよねえ、うふふ」

「えっ、まっ……待ってください。お約束したつもりは」

「何言ってるの。お食事だけでも行くべきって話だったじゃない」

「それは、ほかの方のご意見で……」

「あのね、気負わなくていいからね。ご両親の同席は必要ないし、服装もね、お着物とか大げさにしなくて。あくまで一対一のお食事なんだから、気楽に、ねっ」

花村は早口で捲《まく》し立てる。

しかし見ず知らずの男性との食事なんて、真白には考えられなかった。しかも、よりによって場所はホテルツジクラ東京本館——夕生の職場だ。

「土曜、ロビーに十時ね。うちの息子、恰幅《かっぷく》がいいからすぐにわかると思うわ。よろしくね」

そう押し切って女性が背を向けようとしたから「待ってください！」真白は珍しく大きな声で呼び止めた。いつものように、ここで流されてはいけないと思った。

「わたし、行けません。ごめんなさいっ」

深々と頭を下げ、重ねて詫《わ》びる。

「ラウンジのキャンセル料は、わたしがお支払いします。ですから、このお話はなかったことにしてください。先日、きちんとお断りできなくて、申し訳ありませんでした！」

「……予約、日曜に変えましょうか？」

「いえ！　急な予定が入ったとかではないんです。男性と……お付き合いを目的として、一対一でお会いすることはできないんです。何故かと言うと……その」

言っていいものか、迷う。なにせ職場にもまだ、報告できていないのだ。が、これを伝えさえすれば花村も諦《あきら》めてくれる。そう思った。

「わたし、け……結婚したんです！　人妻になったんです。ですから」

口に出したら改めて、そうだ、人妻になったのだ、と自覚できた気がした。と同時に、結婚を撤回しようという気持ちが一切、なくなっていることに気づく。

つまり真白にとってこのうえなく真剣で、真面目な話だったのだが——。

花村は、いきなり「あははっ」とそっくり返って笑った。

「やぁだ、そんな嘘をついてまで遠慮しなくていいのよ！」

「嘘……？　いえ、嘘なんかじゃないです。わたし、本当に結婚……」

「あのね、この間まで男の影もなかったのに、いきなり結婚なんてできるわけないでしょ。嘘ならもっと上手につかなくちゃ。とにかく一度会ってくれるだけでいいの。お願いよぉ」

嘘だと完全に決めつけている口ぶりだった。

これ以上、どう言ったらわかってくれるのだろう。そうだ、夕生に電話でもして、証言してもらえば……いや、夕生だって今は仕事中だ。邪魔をするわけにはいかない。

では、新川《しんかわ》を呼んで……ああ、それでは余計に信憑性が薄れるだろう。真白だって、最初に燕尾《えんび》服《ふく》姿の新川を目にしたとき、結婚式か何かのイベントだと思ったものだ。

まず、結婚相手がツジクラグループの御曹司という時点で、何をどう説明しようが嘘っぽくなるのは間違いない。信用してもらうための方法が、咄嗟《とっさ》には思い浮かばない。

「渡守《ともり》さん、ちょっといい？」

すると、背後の扉が開いた。

振り向けば、同僚女性が電話の子機を手に焦《あせ》っている。

「アラビア語講座の先生がね、到着が遅れるそうなの。授業の開始に間に合わないかもしれないから、動画を流す準備をしてほしいらしくて。お願いできる？」

「あ、はいっ」

応《こた》えて振り返ると、すでに花村の姿はなかった。


ハワイアンキルト講座が終わるのを待って、真白は花村にもう一度話をした。

結婚したのは本当だし、待ち合わせ場所にも行けない、と。

しかし、通じなかった。まったく聞く耳を持ってもらえなかったのだ。まるで別言語で話しているかのように噛み合わず、押し切られ、帰られてしまって……。

「……どうしよう」

帰宅ラッシュもとうに過ぎた駅を出て、住宅街の坂道を行く足取りは重い。

こうなったら当日、相手に直接詫びるか、あるいは、しらばっくれて行かないか。

しかし、後者はないも同然の選択肢だ。というのも、勤務後、真白は今回の事の顛末《てんまつ》を上司に相談したのだ。すると「とにかく失礼のないように」と釘を刺され、暗に事務所は関与しないから自己責任でうまく処理しろ、と言われてしまったのだった。

(失礼のないようにって、無理難題にも程があるわ)

平身低頭詫びて、それで?

それすら失礼だと言われたら、どう対処したらいいのか。

己の本音を押し隠し、人と衝突せずに生きてきた真白にはわからない。いや、むしろ、詫びられても許せなかった過去があるからこそ、迷うのかもしれない。

「お帰りなさいませ、奥さま!」

屋敷への坂道をのぼりきると、エントランスにメイドたちが立ち並んで待っていた。大げさな出迎えを受けるのは、恐縮だが、すこし慣れた気がする。

「……ただいま戻りました。すみません、すっかり遅くなってしまって」

かろうじて笑顔を返すと「大丈夫ですか?」と心配そうに問われた。

「ずいぶんお疲れのご様子ですね。いつもより二時間も遅いご帰宅ですものね。ささ、お上がりください。お荷物はこちらに。先にご入浴なさいますか? それともお夕食に? 旦那さま、どちらもなさらずに奥さまをお待ちですけれど……」

「えっ、夕生さん、まだお食事されてないんですか」

「ええ。書斎でお仕事をなさっておいでです」

「では、食事を先にお願いできますか。ごめんなさい、連絡を入れるべきでしたね」

うっかりしていた。

先週、夕生が帰宅しなかった日は真白だけで食事を済ませていたから、きっと夕生もそうすると思い込んでしまっていた。

次は夕生に直接電話をして、先に食べてくださいと言おう。せっかく、プライベートの番号を教えてもらったのだし。

反省しながら階段に向かおうとすると、メイドが「お手荷物をお持ちします」と手を差し出してくる。反射的に通勤鞄を渡そうとして、ハッとした。

鞄と一緒に持ち帰ってきた、白いケーキ箱が目に留まった。

「あの、夕生さんって今、どちらのお部屋でお仕事をなさってるんですか？」

尋ねると、年配のメイドは微笑んで二階に視線をやった。

「二階の裏庭に面した、奥の書斎ですわ。この通路の奥です。旦那さまでしたら、すぐに食堂にいらっしゃると思いますが……すぐにお会いになりますか？　ご案内いたしましょうか？」

「いえ！　ここの奥ならわかると思います。行ってみます」

ケーキ箱だけを手に、真白は残りの階段を駆け上った。

箱の中身はフルーツチーズタルトだ。二コマ目に洋菓子講座で作った。朝から頭の中は夕生のことでいっぱいだったから、自然と、彼に食べてもらいたいな、と思っていた。

（夕生さん、甘いの苦手じゃなかったよね？）

食堂で渡してもいいのだが、人目につくところで箱を開けられるのは、やはり抵抗がある。厨房にはプロの料理人がいるし、いくら先生のレシピ通りに作ったと言っても、ひけらかすほどの自信があるわけではない。だから、先に渡してしまいたかった。いや、本当は早く見たかったのかもしれない。夕生の喜ぶ顔を。

組み木細工が施された廊下は、以前、真白が夕生の寝室から駆け戻るのに通った場所だ。ここを真っ直ぐ奥へ行けば、目的地が見つかるはず。所詮は個人宅の中、ホテルやビルではあるまいし、迷うことはないだろう。

そう気楽に考えていた真白は、十分後、おおいに後悔する羽目になった。

「やっぱり、案内してもらえばよかった……っ」

ずいぶん歩いたはずなのに、書斎が見つからない。

そのうえ来た方向も見失ってしまったから、引き返すこともできなかった。

同じ場所を何度も通り過ぎた気もするし、初めて見る場所のような気もするし……廊下が薄暗いから、余計に不安な気分になる。

この暗がりから出られないうちに、夕飯の時間になってしまったらどうしよう。半泣きで、とりあえず突き当たりの部屋を覗いてみる。

洋室だ。

十二畳ほどの空間は真白の部屋同様天井が高く、木製のベッド、チェスト、ライティングデスクが置かれている。どれもアンティーク調のデザインで、落ち着いた植物柄の壁紙に合う。

「客間？　かわいい……古い洋画に出てきそう」

隣の部屋も、また隣の部屋も、同じような造りだった。

次に覗いた部屋は、書庫になっていた。古そうな本がずらりと、壁の書棚に並んでいる。

その次は客用らしいバスルーム。使用人のためだろう、細い階段や通路もあった。

（つ……疲れた……）

真白が息切れを感じ始めたときだ。

廊下に、足元灯のように薄く光が漏れている扉を見つけたのは。

「あの、夕生さん？」

縋《すが》る気持ちで、ノックする。返事はない。

しかし気の所為か、物音は聞こえた。恐る恐る、その扉を押し開く。

人影を探して部屋を覗き込めば、奥のデスクに向かうスーツの背中がある。夕生だ。彼はカタカタと、キーボードを叩いて何やら入力しているようだった。

「夕生さん」

声を掛けても気づかない。よほど集中しているのだ。

山積みの資料に、開きっぱなしの書類。地図らしきものもある。コーヒーカップは空《から》だし、大きな窓にはカーテンを引き忘れ、部屋にはなんと照明すらついていない。

なんとなく、総支配人室を思い出す。

そこでふと、真白は思った。

（土曜……夕生さんに一緒に来てもらうっていうの、だめかしら）

夕生の口から「夫です」と告げてもらえたなら、流石《さすが》に相手も信じるのではないか。

花村はホテルツジクラは行きつけだと以前言っていたし、すると、息子のほうも総支配人である夕生の顔を知っている可能性も高い。それだけ立場ある人に言われたら、疑いようがない。

土曜なら夕生も休日だろうから、仕事に影響も出ないはずだ。

と、そこで夕生は、窓ガラスに映る真白の存在に気づいたらしい。

驚いたように目を丸くして振り返り、席を立った。背の高いシルエットに、どきっとする。

「きみ、帰ってたのか。食事か？　呼びに来てくれたのか」

大股で近づいて来られて、真白は顔の前で片手を振った。

「いえっ、そういうわけでは。あの、帰宅が遅くなってすみませんでした。お夕飯、待っててくださったんですね」

「いや。俺も仕事だっただけだ。それは？」

部屋の照明をつけながら、示されたのはケーキ箱だった。

「あ、これは……タルトです。今日、講座で作ったものなんですけど」

箱を開けて、中身を見せる。

実習では一ホールを二人で作り、六つに切ってひとつずつ味見したため、持ち帰り分はふた切れだけ。カラフルなフルーツが、ゼラチンの膜に包まれてぴかぴか光っている。

「買ってきたものにしか見えないんだが」

「ふふ。ありがとうございます。この講座、材料の計量まで先生がしておいてくださるので、失敗知らずって評判なんです。あの、甘いの苦手でなかったら、どうぞ」

言うと、驚いた顔を向けられた。

「もらっていいのか……？」

夢でも見ているのではないかという声だ。

「もちろんです。夕生さんのために作ったようなものなので」

「俺の、ため」

「はい。あ、くれぐれもお屋敷のシェフには内緒にしてくださいね。プロにお見せする勇気はないので。こっそり、お夜食にでもしていただけたら嬉しいです」

それまで、どこか冷やしておける場所があれば……と室内を見回し、箱の蓋《ふた》を閉めようとしたら「待て」と制止される。

「今、もらう」

止める暇もなかった。

箱からタルトをひと切れ掴み出した夕生は、飢《う》えていたかのようにそれにかぶりつく。ブルーベリーといちご、それからグレープフルーツがいっぺんにその口の中に消えた。

「……うまい」

呟いた声からは、心底そう思っているのが伝わってくる。

妙に嬉しくて「そうでしょう！」と声が高くなってしまった。

「この先生のレシピ、大人向けの味であとを引くんです。わたしも大好きで、毎回楽しみにしていて。社割で通えて本当にラッキーです。よかった、夕生さんにも気に入っていただけて」

夕生は無言のまま、手に持ったタルトの残りを口に放り込んでいる。

ひと切れを、ふた口で完食。

見事な食べっぷりに、持ってきてよかったな、と思った。手順通りに作っただけだが、そんなふうに夢中で食べてもらえると、得意な気持ちになってしまう。

「ん」

と、夕生は親指についたクリームを舐《な》め取りつつ、反対の掌《てのひら》を見せた。

「ん、って……、え？　もうひとつ？　食べるんですか？」

「足りない」

「でも、お食事前ですし……、あっ！」

言っているうちにもうひとつ箱から掴み出され、頬張られてしまった。

「うん、本当にうまい」

「お腹、いっぱいになっちゃいますよ。やめておいたほうが」

「もう食い終わる」

またもや、ふた口で完食だ。上品なスーツ姿で、仕草にだって品があるのに、口もとにだけ荒っぽさが垣間見えて、そんなところがやけにセクシーに感じられて、心臓が落ち着かない。

（おかしいな。食事なら、何度も一緒にしてるのに……）

いっぽう夕生は、口の中のものを全部飲み込んだところで、はっとしたようにこちらを見た。

「すまない。もしかして、ひとつ、おまえのぶんだったか」

青ざめた顔を見上げ、思わず笑ってしまった。

「ふふ、いいえ。わたしはもう、実習のあとに食べてきたので」

そんなに気に入ってくれたのだと思うと、ますます嬉しい。

本当に嬉しい。こんなに嬉しいのは、久しぶりだ。

「ありがとうございます」

肩を竦《すく》めて言うと、夕生は一瞬止まって、照れたような、極《き》まり悪そうな顔をした。

「……今のは、どう考えたって俺が礼を言うところだろう」

「そうですか？　でも、だって、嬉しくて。また、何か作ったら持ってきますね。本当は、お弁当も作ってみたいですけど、流石にここの厨房に入る勇気はありませんし……。そうだ、洋菓子講座が終了したら、日本料理の講座でも受けてみることにします。それで自信がついたら、厨房も使わせていただきます！」

夕生がこんなに喜んでくれるなら、もっとやってみたいと思う。

単純だろうか。

すると、ふっと、顔の前に影が落ちる。反射的に後退すれば、踵《かかと》が行き止まりにぶつかった。部屋の扉だ。と、気づいたところで、腰を片腕で軽く搦《から》め捕《と》られる。

「……そんなに可愛《かわい》いことを言うな」

額と額を合わせられたら、鼓動が一気に駆け出した。

ブラウンの虹彩《こうさい》に、縁取りのくっきりした瞳……。

「きみは、俺をいい気にさせるのがうますぎる」

近づいてくる唇は、バニラの香りがする。

誘われるままに顎《あご》を浮かせ、瞼《まぶた》を伏せる。直後、重なった唇は予想以上の柔《やわ》らかさで、顎が痛くなるほど甘かった。カッと、身体中が覚えたての官能を思い出す。

触れているのは唇なのに、下腹部の深いところが熱く疼《うず》く。

「……っ……」

思わず息を詰めれば、煽《あお》るように背中を下から上に撫でられた。

あてがわれた掌の大きさに、力強さに、感じるのはゾクゾクとした期待感ばかり。

「ぁ……ふ」

夕生さん――夕生さん。一日中、逢いたかった。

耐えきれず、入り込んできた舌を軽く吸う。甘えるように、ねだるように何度もそうして引き留《と》めていると、抱き上げられ、デスクの端に腰掛けさせられた。

「痕《あと》、つけてもいいか」

何を問われているのかわからぬまま、真白は頷《うなず》く。

夕生にならば、何をされたってかまわない。むしろ、なんだってされたい。

直後、ブラウスのボタンを上からぷつぷつと外される。わざとなのか、その指はブラのレース越しに幾度も胸の先を掠《かす》めた。

「あ、ぁ」

小さな頂《いただき》が、勃ち上がっていくのがわかる。なすがまま、小さく声を漏らして声を上げていると、肩紐をずらされ、ふたつの膨らみをふるりと表に出された。

案の定、先端はふたつとも尖《とが》っている。

早く頬張ってほしいと言わんばかりだ。

しかし夕生はそこを放ったまま、白い膨らみに唇を押し付けてきて——。

「っひ、ァ……ッ」

チリリと肌が痛んだ直後、そこには鬱血《うっけつ》の痕が残されていた。

まるで、彼に抱かれました、と印を押されたかのよう。つまり痕をつけるというのは、こういう意味だったのだ。期待感で勃った場所を無視し、夕生はなおも乳房に痕をつけていく。

「ゆ……ぅせい、さん……っ」

触れそうで触れない唇が、もどかしすぎて泣きそうだった。

そこじゃない、もう少し右。色づいている部分こそを、舐めてほしい。言いたくて言えなくて、溜まっていく熱を逃がそうと、腰をくねらせたが変わらなかった。

「どうした？」

わざとらしく、頂の周囲をくるりとなぞる舌が恨めしい。

「も……いヤ……ぁ」

「嫌、じゃないだろう。今のきみなら、言えるはずだ。俺に、何をしてほしいのか」

「……ん、できな……っ」

「できるだろ。ほら、言えよ」

誘うような優しい命令をして、夕生はちゅ、と真白の唇をついばむ。

太ももを、ぐ、と恥部に押し付けられたら、もう我慢はできなかった。

「……、しい、の……」

「うん？」

「胸……ちゃんと、ここ、舐めてほしい……」

膨らみを夕生の顔の前に突き出してねだる。

途端、夕生は右胸の先にしゃぶりついた。じゅうっと音を立ててそこを吸い、ぱっと離しては舌を搦めて転がしてくる。左の先端も同時に指でつまれ、絶妙な力加減でしごかれた。

「あっあ……！　ッき、もちぃ……、んん、いい、のっ……」

「それで？　言いたいこと、他にもあるだろ」

「ふ、ぁ、もっと……もっと、あ、あ……溶けちゃ、う」

あまりの快《よ》さにびくびくと全身を揺らし、夕生の首に抱きついたときだ。

コンコン、とノックの音がする。

「夕生さま。お夕食の準備が整いました」

メイドが呼びに来たのだ。声を聞かれてしまったのではと、慌《あわ》てて口もとを押さえる。

わかった、と夕生は何食わぬ顔でまず扉の向こうに返事をし、それから、真白の胸の先を両方とも指でつまみつつ囁《ささや》いた。

「続きは食事のあとだ。嫌と言うほどしゃぶり尽くしてやるから、覚悟しておけ」

宣言どおり、夕生は食後に真白を攫《さら》った。

主寝室に入るなりベッドに組み敷かれ、衣服を剥ぎ取られて……。

背中のホックを外す手は、すこしは要領を得ただろうか。ともあれブラを外しきれないうちに、桃色の先端にかぶりつかれた。

待ち侘《わ》びていたそこはあっけなく尖り、しゃぶられてさらに硬くなり、痺《しび》れるような快感で真白を甘く悶《もだ》えさせる。

夕生はというと、真白の中に深々と己を沈めながらも、執拗《しつよう》に真白の胸の先をねぶり続けた。

弾けている最中も延々と、ふたつ同時に捏《こ》ねられて何度気を失いかけたかわからない。

そうしておもちゃのように弄られ続けた頂は、翌朝、まだじんじんと熱を持って疼いていた。

(次は、もうすこし手加減してもらわなきゃ)

出勤前、真白はそんなふうに反省していたが、夕生は飄々《ひょうひょう》としたものだった。

寝不足を感じさせない顔で朝食を平らげ、タブレットで新聞を読む姿はすでに仕事モードに切り替わっている。

見事だわ、と感心するいっぽうで、真白は密かに決意した。

土曜の件はやはり、自力で解決しよう……と。

夕生に同行してもらい、妻だと証言してもらうのはやめる。

なにせ彼は日々、重い責任を背負って邁進《まいしん》している。プライベートのごたごたに巻き込み、余計な面倒をかけては、夕生を支えている人たちにも失礼だ。

それに――。

彼の妻を名乗るのならば、この程度のこと、自力で解決すべきだと思った。


そして数日後、真白は件《くだん》の土曜を迎えた――。

出勤時と同じ支度をして朝食の席に行くと、夕生に怪訝《けげん》そうな顔をされる。

「なんだ。今日は休みじゃなかったのか」

「あ、はいっ。急に、打ち合わせの予定が入ってしまって……出社してきます」

席に着き、用意されていたベーグルサンドをありがたく頂いた。

今日、外出する本当の理由は、夕生には秘密だ。

自力で解決すると決めた以上、むやみに打ち明けて心配をかけたくもなかった。これから現地で相手に会い、詫びて、食事の予定をキャンセルし、帰ってくる。

できると思う。

すると夕生は少々不本意そうにしたあと「迎えに行ってもいいか？」と言った。

「終わる時間さえわかれば、オフィスの前で待っている」

焦ってしまう。

何故なら出社するというのは嘘で、真白がこれから向かうのはホテルツジクラ東京本館なのだ。

「い、いえっ！　お忙しい夕生さんを待たせるなんて、とんでもないです」

「別に、今日は忙しくない。空けておいたんだ。……誘うつもりで」

ぼそぼそ言う夕生の横で、コーヒーのおかわりを注ぐ新川は笑顔だ。堪《こら》えようとしているのに、どうしても微笑んでしまう、といった感じに。

不思議には思ったが、あえて探りはしなかった。

そんなことより、きちんと夕生の誘いを断るほうが優先だ。

「すみません。ありがたいお申し出ですが、本当に大丈夫ですから。何時に終わるかわかりませんし、待たせていると思うと仕事に集中できませんし」

「終わってから連絡を寄越す、というのでもかまわないが」

「え、えと――、あっ、じゃあ、お屋敷の最寄り駅に着いたらご連絡します！」

「そんなに近所まで来られては、迎えに行く意味がない」

それはそうなのかもしれないが。

夕生が怪訝そうな顔をしているのに気づき、真白は焦る。このまま話をしていては、すぐにボロが出そうだ。怪しまれる前に、屋敷を出るべきだろう。残りのベーグルサンドとコーヒーを急いで片付ける。

「ごめんなさい！　時間がないのでもう行きますねっ」

立ち上がり、早足で食堂をあとにする。

それから着替えやらメイク道具やらをこっそり通勤鞄に詰め込み、予定より早く屋敷を出た。

電車を乗り継ぎ、ホテルツジクラ東京の最寄り駅へ。そこで改札の側《そば》にあるコーヒースタンドに立ち寄ると、時間を潰しがてらメイクと髪型をがらりと変えた。ホテルツジクラのスタッフたちには、先週、顔を見られている。普通にしていたら、総支配人の妻だとばれてしまう。

（よし。これなら先週とは別人だわ）

念の為、伊達《だて》メガネまで掛けてから、ロビーに入る。

それでも真白はびくびくしていたが、変装のおかげか、ドアマンもコンシェルジュも真白に気づいていないようだった。待ち合わせ相手は、ロビーのソファに座って待っていた。

「花村さんですよね？」

歩み寄り、声を掛ける。

「はい。もしかして、真白ちゃん？」

体格のいい男がぱあっと目を輝かせたところで、真白は深々と頭を下げた。

「申し訳ありません。今日のお食事会、キャンセルさせていただけないでしょうか。料金はこちらでお支払いします。お母様には再三お伝えしたんですが、わたし先週、結婚しまして。ですから、別の男性とふたりきりでお会いするというのは……」

言い切れないうちに、男はふはっと噴き出した。

「母さんから聞いてます。真白さんが、きっとそう言うだろうって。あはは、本当だ」

紺色のスーツに包んだ丸い肩を揺すって、愉快そうに笑う。

嫌な気分にはなったが、予想していない事態ではなかった。

「口からでまかせを言っているわけではありません。これが証拠です」

鞄から、すぐさま茶色い封筒を取り出す。中身は戸籍の写しだ。こんなこともあろうかと、昨日、帰宅前にコンビニで発行して鞄に詰めておいたのだ。が、男はその中身を見もしないで「はいはい、そういうのはいいから」と真白の手首を掴んでしまう。

「ちょっ……」

「フレンチを予約してあるんだ。ここ、なかなかだよ。食べながら、ゆっくり話そうよ」

ぐいぐいと引っ張る手の、汗ばんだ感触にぞっとする。

夕生に初めて触れられたときにはなかった、圧倒的な嫌悪感。だめだ。受け入れられない。すぐさま、振り払ってしまいたい。しかし、失礼は許されない。

「……っは、離してくださいっ」

エレベーターホールへと、強引に引っ張って行かれながら小声で訴える。

「わたし、本当に既婚者なんです。こういうのは、困ります。花村さんだって、人妻と噂が立って社会的信用に傷がついたら困るのではありませんか」

「うんうん、わかってるよ。あれだろ？　僕がバツイチ子持ちなのが気になってるんだろ？　大丈夫。養育費の支払いなんて、僕の収入からしたら微々たるものだし」

「そ、そんなこと言ってませんっ。わたしの話、ちゃんと聞いてください！」

「聞いてる、聞いてる」

話がまったく噛み合わない感じが、彼の母親と話しているときと同じだった。

どうしたら、訴えを聞いてもらえるのだろう。

そこでポーンと電子音が鳴り、上りのエレベーターが到着する。

「行こうか、真白ちゃん。上に部屋も取ってあるからね」

喜ばしげな囁《ささや》きに、ゾクリと鳥肌が立つ。部屋。下心があることは明らかだ。食事だけという話だったではないか。真白は身を捩《よじ》って逃げようとしたが、強引にエレベーターの中へと連れ込まれてしまう。

「何をするんですか……‼」

ドアが閉まってから声を上げたものの、誰かに助けを求める、という手段はないも同然だった。そんなことをすれば花村に恥をかかせることになるし、スタッフたちに真白の素性が知られてしまう可能性だってある。

自力でどうにかしなければ。

青ざめる真白を乗せ、小さな個室はぐんぐん上昇していく。背中に触れたままの手が、とにかく気色悪い。さりげなく身を引けば、隅に追い詰められてしまう。

「どうしたの？　もしかして、誘ってるの？」

「ち、ちが……っ」

近づいてくる顔を両手で押し返し、真白は泣きそうだった。もはや、この男を説得しうる手段が思い浮かばない。しかし、彼に身を任せるのは死んでも嫌だった。

頭には、夕生の顔がちらつく。

苦しいのは、違う男に触れられることだけではない。

夕生への裏切りに値するということ。それが、なにより耐え難《がた》かった。

「可愛いね、真白ちゃん……」

強引に口づけられそうになり、真白は体を屈《かが》める。穏便に済ませなければ。いや、でも。すぐ近くに感じる荒い息に、寒気を覚える。もう耐えられない。

「嫌ぁ――……っ!!」

気付いた時には、叫んでいた。

直後、見計らったようにぴたりとエレベーターが動きを止める。

五階で、階上行きのボタンを押した人がいたのだ。男がちっと舌打ちをして、体を引く。助かった。逃げるならもう、今しかない。意を決した真白の前で、両開きの扉がスッと滑る。

そのときだ。

扉の隙間に身を捩《ね》じ込むようにして、誰かが乗り込んでくる。

まるで非常事態と言ったふうな勢いだ。

グレーに水色のパイピングが施された、ホテルツジクラスタッフの制服――やけに背の高いその人の顔を見て、真白はぎょっとした。

「――失礼」

「ゆ……夕生さん……!?」

どうしてここに。

今日は出勤しないはずではなかったのか。

しかし彼は胸ポケットに斜めに総支配人のバッジをつけ、いかにも今まで仕事をしていたと言ういでたちだ。とはいえ前髪は下ろしたまま、襟《えり》もとはノーネクタイで、前回、ここで会ったときほどきっちりとはしていなかった。

「お客さま、家内に何かご用でしょうか」

しらじらしいほど綺麗《きれい》な笑みを浮かべ、夕生は男に声を掛ける。

「わたくし当館総支配人を務めさせていただいております。辻倉《つじくら》と申します」

丸い顔の男は混乱しきりだ。胸のバッジと、夕生の顔を見比べている。

行きつけと母親が言うだけあって、やはり総支配人の顔もよく知っているのだろう。真白はそう思ったが、夕生は笑顔のままで「おや」と気づいたように言う。

「月曜、初めていらしたお客さまですね。チェックイン時、カウンターで館内設備の詳細な案内をご希望されていたのをお見かけいたしました。その後、スタッフの対応にはご満足いただけましたでしょうか?」

「いやっ、それは、そのっ」

「ああ、また足を運んでいただけた、ということはお気に召したと考えてよろしいのでしょうね。光栄の極みです。——真白」

いきなり水を向けられ、背すじが伸びた。

しかも気の所為でなければ、真白、と呼ばれた。

名前で呼ばれるのは初めてだ。

戸惑《とまど》っていると、二の腕を掴まれ、引っ張り上げられる。引き寄せられ、肩をポンと叩かれる。

「これからお得意さまになるであろう、大切なお客さまだ。ご挨拶《あいさつ》を」

どういうことだろう。事態が飲み込めないながらも、真白は促されるまま会釈《えしゃく》をする。

「え、ええと。こんにち……は？」

で、いいのだろうか。

弱り切って右を見たが、夕生はまだ強気の微笑みを崩していない。

「ところでお客さま、不躾《ぶしつけ》ながら私の妻とは、どのようなご関係で……」

しかも、暗に圧をかける口ぶりだった。

下心などあるわけがないよな、あろうものならどうなるかわかっているよな、と。

「いっ、いえっ、そこでお会いしただけでして」

男は縮み上がって、真白とはもはや目も合わせない。

「は――母が『アマリリス』の生徒なので、それで……」

「そうでしたか。ああ、すっかりお引き留めしてしまい申し訳ありません」

エレベーターから真白だけを降ろし、夕生は深々と頭を下げる。

「では、ごゆっくりお寛ぎくださいませ」

隙のない振る舞いは普段どおり上品だが、やけにそっけなく、静かな怒りを感じさせた。

遅れてお辞儀をした真白は、エレベーターのドアが閉まり切ったのを確認し、恐る恐る夕生の後頭部を窺う。

(夕生さん、怒ってる……当然だよね)

出社する、という嘘がばれてしまった。

それどころか、別の男と一緒にいる場面まで見られてしまったのだ。しかも、よりによって、夕生の職場であるホテルで。すると、耳に蘇《よみがえ》ってくる毒のような言葉があった。

——渡守さんってビッチなんだって。絶対、ヤりまくってるよ——。

夕生にもそう思われたのだろうか。さっと、血の気が引く。

「あのっ、これには理由があるんです。あの方は職場の、お得意さまの息子さんで、どうしても会ってほしいとお願いされてしまって、それで……っ」

夕生が振り返るより先に、真白はそう訴え始めていた。

「何度も断ったんです。けど、聞いていただけなくて。もう直接、ご本人にお断りする以外になくて、だからやましいことは何もないんです。本当ですっ」

夕生にだけは誤解されたくない。

ほかの誰に何を言われてもいい。でも夕生にだけは。

勢い余って頭を下げようとすると「落ち着け」と柔らかく言われる。そして手を引かれ、ひと気のないバックヤードへと連れて行かれた。

「安心しろ。別に、不貞を疑っているわけじゃない」

「……違うんですか……？」

「当然だ。おまえは押しにはめっぽう弱いが、貞操観念は緩くない。自己主張が下手でも、簡単に己を曲げるような人間ではないだろう」

平然とした口調は、初めて顔を合わせた日を思わせるものだった。

そう、ラブホテルに対し、何がいけない？　と言い放ったときと。

胸の中でパチパチと、こまかな星が弾ける。

「信じて……くれるんですか」

「ああ。――いや、待て、誤解するなよ。俺がここにいるのは、きみを疑って屋敷から尾《つ》けてきたからじゃない。きみがいないなら仕事をしようとやってきただけで、一階で見かけて、困っているように見えたから、そこからは、それは確かに、追ってきたと言えなくもないが」

「い、一階って、もしかして、そこから階段を駆け上ってきたってことですか」

「いかにも」

「五階までですよ⁉」

「それがなんだ」

信じ難いが、夕生ならやりかねない。

そして夕生は、真白の膝が震《ふる》えていることに気づいたのだろう。先週同様、掴まれ、というふうに腕を差し出しながら社員用エレベーターを示した。

「歩けるか。一度、俺の部屋で休もう。それで全部忘れろ。あの下衆《げす》な男のことは、全部」

頼もしい腕に掴まりながら、思わず泣きそうになる。わかってくれた。信じてくれた。

やはりちがう。側にいるだけで、こんなにもほっとする。これほどまでに真白を安心させてくれるのは、夕生だけだ。もちろん、触れたいのも、触れてほしいのも。

そうして真白は溢《あふ》れるように実感した。

(わたし、夕生さんのこと……好きになってる……)

いつから恋になっていたのだろう。

いや、きっと、最初から。

『いかがわしい？　どこがだ』

『どこがって、ラ、ラブホテルですよ？』

『ああ。それのどこが、そんなにきみを卑屈《ひくつ》にさせるのかわからない』

膿《う》んだ傷口をたやすく癒そうとする彼に、もうずっと、惹《ひ》かれていた──。

6　ちょっとずつ夫婦らしく

真白《ましろ》の不貞など、夕生《ゆうせい》は本当に、まさしくこれっぽっちも疑わなかった。

なにしろ最初に抱いたとき、真白は初めてだった。反応だって慣れている様子ではなかったし、そもそも、とてもではないが男を手玉に取れるような性格ではない。

疑うだけ無駄だ。

だが真白を信じているからといって、嫉妬《しっと》をしないかといえば、また別の問題だ。

「んっ、ゆ、夕生さ……っも、これ以上、は……」

翌日が日曜なのをいいことに、夕生はその晩、食事を終えると真白を寝室に攫《さら》った。

広いベッドのど真ん中、一番柔《やわ》らかい場所に白い体をうつ伏せにさせ、後ろから組み敷く。

「きちゃ、っ……ぅ、きちゃう、から、ぁ」

真白はふるふるとかぶりを振っているが、やめるつもりはない。

まだすべて、暴《あば》き切っていない。全部知りたい。自分だけが、何もかも。

ベッドの隅に引っかかっていたワイシャツを揺り落とす勢いで、腰を動かす。

「イくのは嫌いなのか？」

「あ、っん……ん、そうじゃ、なくて……っヤっ、ア、……っもう、五回、も……っ」

恨めしげに訴える声は、すっかり鼻にかかっている。快すぎて、半泣き状態なのだ。まだ快楽に慣れない、戸惑《とまど》った啼《な》き方も可愛《かわい》くて、夕生は腰を揺らしつつ接続部をまさぐった。

「っあ！」

ぱっくり割れた場所から、膨れた芽が顔を出している。蜜に濡れたそれを指で前後に撫《な》でてやると、ひときわ高い声を上げ、真白はびくびくと全身を痙攣《けいれん》させた。

「ひぁっ、んん、そこ、だめ、あ、あ、だめ……ぇ」

拒否のようで拒否ではない、引き攣《つ》った訴えに思い出す。

嫌、と昼間、かすかにエレベーターの扉の向こうから聞こえてきた悲鳴が。

あんなふうに真白から拒絶された経験は、夕生にはない。真白が己の考えを述べるようになってからも、一度もだ。

（いいんだな？　本当に、俺を受け入れてくれていると自惚《うぬぼ》れても）

引き攣る呼吸に合わせ、二度、三度、と指を動かす。粒はますます赤く膨れ、破裂せんばかりになったが、溢《あふ》れる蜜を塗りたくって、さらに撫で回した。

「あっあ、あ、んぁっ、くる、くるのぉ……っア、あ——……っ」

びくんっと下腹部を揺らし、真白は六度目の到達を迎える。

内壁はねっとりと屹立《きつりつ》に絡みつき、精を搾り取ろうとするが、夕生は果てなかった。

まだだ。まだ、足りない。抱き足りない。

彼女の体の下で波打つままに放っておかれている乳房がもったいなく、両手を伸ばして掴んだ。頼りない感触を夢中になって捏《こ》ねていると、発情した猫のように上がっていた真白の腰が、下がっていった。

「ツく……こら、寝るな」

まだ終わりじゃない。

細い腰を掴み、引っ張り上げる。どうにか屹立を奥まで埋め直したが、真白はもはや朦朧《もうろう》としていた。シーツにしがみつく力もなく、当然ながら腰も高く留《とど》めておけない。

「真白」

それでも、呼べば、きゅうっと内側で応《こた》える。

「……真白、ましろ」

「ん……」

「起きろ。でないと、背中がキスマークだらけになるぞ」

「……う……」

もはや限界といったふうだ。

仕方なく、真白の体を仰向《あおむ》けに返す。これ以上続けるのは酷だろうか。いや、だが……と夕生が思い悩み動けずにいると、白い腕が下から伸びてきて首を引き寄せられた。

キスが欲しいというふうに、顎《あご》を持ち上げて催促される。濡れた唇が、熟れたように赤く美しい。たまらなくなって深く口づけたら、今度は腰にも真白の両脚が絡んだ。

「……んん……ゆ、ぅせいさ……」

まだだ、もっと、と衝動に耐えてきた夕生だったが、これには完敗だった。腰はほとんど動かせなかったものの、それでもかまわないほど昂《たかぶ》る。そのうえ、さかんに襞《ひだ》をひくつかされたら、やむなく吐精の瞬間を迎えるしかなかった。

＊＊＊

好き、と自覚して重ねた肌は、特別に心地よかった。

汗ばんだ肌も、奥の奥まで入り込んでくる情熱も、本音を暴こうとする視線も、与えられる快感も、相手が夕生だと思えばこそ、気を失いそうなほどいい。

（お父さんとお母さんも、知っていたのかな……）

愛する人と、身ひとつで抱き合える、こんな幸せを。

いや、知らなかったわけがない。ふたりは恋をして結婚し、娘である真白をもうけたのだ。

すると真白はラブホテルに対して、とんでもない思い違いをしていたのではないかという気がしてきた。いやらしくて恥ずかしいもの？　いや。

もっと深い何かが込められた場所だったのではないか、と。

真白がそうして、自身の悩みの本質に辿り着きつつあった、ある日のことだ。

「真白、今週末こそ『仕事』じゃないんだろう？　ちょっと出掛けないか」

夕生から、そう誘われたのは。

「はいっ、もちろんです！」

真白は当然、了承した。正直、嬉しかった。

以前、ホテルツジクラ東京で食事をしたが、あのときは待ち合わせ場所まで新川《しんかわ》が送迎してくれた。屋敷から一緒に出掛けて行くのは初めてだ。夫婦で外出……まるでデートではないか。

その日は朝からクロゼットをひっくり返す勢いで、服を選んだ。

タイトスカートに、ワンピース、ジャンパースカートにデニムパンツ……どれもお似合いですとメイドたちが絶賛してくれても、決めかねる。夕生に特別きれいだと思ってほしくて、悩みに悩み、レースのブラウスにブルーのフレアスカートという組み合わせにした。

誰かのために服を選ぶなんて初めてで、玄関前に立ちながらどきどきしてしまう。

(張り切りすぎてないかな、わたし。もっとカジュアルな服装のほうがよかった？　ああ、先に行き先を聞いておくのだった。もし山登りとかだったら、完全に外してる)

すると夕生は、自らハンドルを握って車止めまでやってきた。

白のベンツ。最新の型らしいが、疎《うと》い真白には詳しいことはわからない。それでも、とんでもない高級車だということは察せられて、ハンドバッグを持つ手が震《ふる》えた。

「助手席でいいか？」

新川の手でドアが開かれると、運転席から身を乗り出して夕生がこちらを覗き込んだ。

「あっ、はっ、はい……っ」

一瞬、息を呑《の》んでしまったのは、夕生があまりに素敵だったからだ。

クレリックシャツに黒のパンツというなんでもない格好なのに、とびきり華がある。このままパーティーに出席すると言われても、思わず納得してしまいそうなほど。

シャツのボタンがふたつ外され、喉仏が覗いているのもいけない。かすかに濡れた髪からはほのかに整髪料の香りがして、シートに収まりながらつい、縮こまってしまった。

「行くぞ」

「はい」

「シートベルトをしろ」

「はいっ」

「なんだ。今日は『はい』しか言わない日か？」

呆《あき》れ声までフェロモンたっぷりに聞こえる始末だった。

今日、大丈夫かしら、とシートベルトを締めながら真白は心配になる。今日一日、心臓は保つだろうか。こんなに素敵な夕生と過ごして、冷静でいられるだろうか。

(それにしても、恋って、すごい)

世界中でたったひとり、夕生だけが特別な引力を持っているみたいだ。

願わくば、彼の引力に惹《ひ》きつけられるのが自分だけでありますように――胸の中で祈っていると、左側から「きれいだ」と低い呟《つぶや》きが聞こえる。

「何かおっしゃいましたか？」

「きれいだ、と言ったんだ。青、似合うな」

服装について言われているのだと気づき、ふわっと頬が熱くなる。よかった。夕生に、きれいだと思われたくて、頑張った甲斐《かい》があった。本当にそう思ってもらえるなんて……ましてや、口に出して言ってもらえるなんて、夢ではないかと思う。

「ありがとう……ございます……」

夕生を好きになってから、嬉しいことばかりだ。

火照《ほて》った顔を誤魔化《ごまか》そうと、流れ始めた景色を窓の外に眺める。そうしながらも真白はチラチラと、運転する夕生の横顔を時折、盗み見ていた。

すこしだけ、気になった。

夕生は、どう思っているのだろう。

わずかでも、今、右側に引力を感じてくれているだろうか――。


「着いたぞ」

夕生がそう言ったのは、三十分後だった。

車が横付けされたのは、きらびやかなショーウィンドーが扉の横に配された一軒の店。ハイジュエリーの専門店だということは、店の名前を見てすぐにわかった。

セレブ御用達《ごようたし》で、予約必須の名店だ。庶民の真白でも、知っている。

「えっ、まさか、あのお店が目的地なんですか!?」

まごついているうちに、夕生は運転席を降りて助手席のドアを開けてしまう。

手を引かれ、入口まで行くと「お待ちしておりました、辻倉《つじくら》さま」とフロックコート姿のドアマンがふたり、頭を下げて店内に導いてくれた。

どういうことですか、と聞きたかったができない。

（わ……）

白を基調とした店内には、湾曲した形のガラスのショーケースがいくつか。呼応するような形で、天井からはオーロラのように連なるシャンデリアが下がっている。

ホテルツジクラ東京の内装も素晴らしかったが、ここはより非日常といったふうだ。

「辻倉さま、ようこそお越しくださいました」

店内にいたスタッフが二名、紺色のスーツ姿で丁寧なお辞儀を見せる。

「突然予約を変更してすまない。無理を言ったな」

「いえ。ほかならぬ辻倉さまのご要望ですから。本日は、ブライダルラインのご希望ですね」

「ああ。彼女の指に合うものを」

そう告げる夕生に、真白は思い出したように焦《あせ》ってしまう。

「ちょ、ちょっと待ってください。まさか、わたしにまた、何か買うつもりですか」

「そうだが」

「あ、与えすぎですよ！　ジュエリーもお洋服も靴も、たくさん用意してくださったじゃないですか。これ以上なんて、使いきれないです」

訴えたが、繋いだ左手を無言で引っ張られた。

ショーケース越しに女性店員が微笑み、夕生が差し出した真白の手を取る。束になった金属の輪
――リングゲージが出てきたと思ったら、嵌《は》められたのは薬指だった。

「使いきれなくてもこれだけは受け取ってもらう。いや、今日から二度と外すな」

仏頂面《ぶっちょうづら》で、ふてくされたように言われて、はっとした。

これって、もしかして。

「結婚指輪……ですか」

思い出したように言う真白の前で、夕生は何故だか、やはりむすっとしている。

「おまえがきちんと気に入るものをと、あれこれ考えて先延ばしにして失敗した。あんなことになるなら、とりあえずの品だけでも用意しておくべきだった」

「失敗って、どういうことですか」

「とにかく今日中に、その指に収まるものを選べと言っている」

「今日中に？　えと、この店で、ですか」

「ああ」

店内を見回して、店名を確認して、さらに値札のない品物を見て、焦ってしまう。

「あ、あの、わたし、もうすこしお手頃なお店でも……」

スタッフが一旦去った隙に小声で言うと、ソファに腰掛けた格好で不満げに見上げられた。

「おまえの夫は誰だ？」

「えと……辻倉夕生さんです」

「そうだ。この俺の妻になった以上、それなりのものを身につけてもらう」

尊大そうな口ぶりだが、夕生の発言は間違っていない。確かに、名家である辻倉家に嫁いだ人間が貧相な出で立ちでいては家名に傷をつけかねない。

納得して夕生の隣に座ったら、付け足すようにボソッと言われた。

「あの下衆《げす》野郎が、ひと目見ただけで飛んで逃げ帰るくらいのものがいい」

目をしばたたいた真白は、ややあって噴き出してしまう。

――『それで全部忘れろ。あの下衆な男のことは、全部』

真白には、ああ言ったくせに。夕生本人は、忘れていないどころか根に持っている。まるで子供のような対抗意識が、なんだか可愛い。

くすくす笑いの真白に、夕生はいっそう不満げだ。

「笑い事じゃない」

「ふふ、だって」

そこに「お待たせいたしました」とスタッフが指輪を持って現れる。

値段に見当がつかないことに真白は怯《おび》えたが、夕生はどれでも好きなのを選ぶようにと平然と言う。ひとつでもふたつでも、婚約指輪もセットにするといい、とも。

心臓が止まりそうになりながら試着を繰り返し、一時間かけてどうにかひとつに決めた。

小さなボールが連なった形の、細いプラチナのリング。箱だけを包装してもらい、それそのものは左手薬指に嵌めて店を出る。

「ありがとうございます。とっても可愛いです。大事にしますね！」

「俺としては、もっと目立つもののほうがよかったが」

「これも充分目立ちますよ。それにしても、意外です」

「何がだ」

「結婚指輪、てっきり、夕生さんもペアでしてくださるものかと……」

歩道を突っ切りながら問えば「ゲホっ」と夕生は突然咽《む》せる。

「だっ、大丈夫ですか！」

「……いや、あのな。ペアは流石《さすが》に図々しすぎるだろう。夫婦なのだと、会う人会う人全員に主張するようなものだぞ。ましてや、恋人っぽさまで出る」

「お嫌ですか、恋人っぽいの」

「おまえが嫌だろうと言っている」

「嫌じゃないです。嬉しいです！」

勢いづいて言ってから、言い過ぎたかも、と後悔する。

軽いと思われただろうか。

出逢ってからまだ日も浅いのに、もう懐柔《かいじゅう》されているだなんて。

斜め上を窺うと、目が合って、夕生はぐっと言葉に詰まる。そうして数秒考えたようだったが「わかった」と言って真白の手を取り、店へと引き返した。

帰宅の途《と》についたとき――。

ハンドルを握る夕生の左手の薬指には指輪が嵌まっていた。

真白のものより太さのある、小さなボールが連なった形のプラチナリング。

「これは、あくまでもおまえさえ良ければ、の話なんだが」

自宅へと車を走らせながら、夕生は言った。

「レセプションに出てみないか」

「レセプション……って、なんのですか？」

「ホテルツジクラ東京本館、休館前にマスコミと関係者を招いて行う。立食形式のパーティーだ。ツジクラグループの今後のビジョンや、本館のリニューアル計画を発表する場でもある」

「えっ、そんな、わたしには恐れ多いです。関係者でもありませんし」

顔の前で左手を振って遠慮すると、その手をふいに握られた。

「俺の妻として、だ。正式に紹介もする。そういう意味で、おまえさえ良ければ、と言ったんだ」

つまり夕生はそこで、この結婚を公《おおやけ》にしようというのだろう。

握った手を不器用に引き寄せられ、鼓動が速まる。本音では来てほしいと思っているのが伝わってくるから、どきどきしながら真白は頷《うなず》いた。

「い……行きます。行かせてください！」

＊　＊　＊

真白との結婚を、わざわざ世間に知らしめるつもりは夕生にはなかった。

芸能人でもあるまいし、自ら公表する必要はないと思っていたのだ。が、他の男に迫られている真白を目の当たりにして、考えが変わった。変な虫が付かないよう、印をつけておかねば——いや、印だけでは足りない。やはり、大々的に発表しておかなければ、と。

それで、レセプションに誘った。

翌日から、真白は定時で屋敷に戻るようになった。

夕生の妻として出席するなら、社交のスキルは必須だ。そのうえ、知っておくべき人の顔と名前、役職。ホテル用語に、ツジクラグループの歴史……学ぶべきことは山ほどある。

（余計な荷物を背負わせてしまっただろうか）

夕生は心配になったが、真白は力強く前向きだった。

「夕生さん、出席者名簿にあった、この方の役職についてお聞きしてもいいですか」

帰宅すると同時に、質問攻めに遭《あ》うほど。

ホテルツジクラ東京本館のリニューアルに関し、現時点で夕生が為すべきことはすでに片付いていたのはよかった。おかげで、プライベートはほぼ真白のサポートに費やせた。

驚くべきことに真白は次々と知識を吸収し、作法を身につけるのも早かった。

中でも、もっとも夕生が驚かされたのは、マナー講師が屋敷にやってきたときだ。

「あらっ、渡守《ともり》さん！　あなた『アマリリス』の渡守真白さんね？」

「先生！　そうです、渡守です。結婚して辻倉になりました。覚えていてくださったんですね」

「ええ、もちろんよ。あなた、とても熱心で優秀だったもの」

彼女はなんと、カルチャースクールで真白が師事したことのある人物だったのだ。つまり真白には、すでに社交の基礎があったわけで……。

その日は簡単におさらいをして、新たに覚えるべきことなどほとんどなかった。

「恐れ入った。あの講師、もう来る必要がないと言って帰って行ったぞ」

夜、自らハーブティーを運んで行った夕生に、真白は「とんでもないです」と謙遜《けんそん》する。

「優しいんです、先生。だから『アマリリス』でも人気があって」

「優しいだと？　承服しかねる。俺は幼い頃から彼女に師事しているが、厳しすぎて挫《くじ》けかけたことが何度もある。とにかく毒舌で、子供にもまったく容赦なかった」

こうして夜、ふたりきりでお喋《しゃべ》りをするのが習慣になったのは、いつからだろう。

ハーブティーを片手にベッドに腰掛け、パジャマのままで語り合う。

気づけば夕生にとってこの時間は、欠かせない癒しになりつつあった。

「それは、夕生さんが名家の跡取りだからじゃないでしょうか。背負うものが大きいから、先生、わざと厳しくしてくださったんですよ」

「そんなわけがあるか。俺が十歳の頃、彼女になんて呼ばれていたと思う？　木偶《でく》の坊《ぼう》だ、木偶の坊。今なら名誉毀損で訴えるくらいの話だ。まあ、身に覚えはあるが」

「あるんですか、身に覚え」

「ああ。マナーなど覚えたところで、他人に媚《こ》びを売るためにしか使えない。それなら英単語でも覚えたほうがよほどタメになると思って、終始無言の抗議をした」

「それは……確かに、怒られちゃうかもですね」

ふふっと、肩を揺らして笑うさまが可愛い。

抱き寄せて口づけてしまいたいくらいだ。が、ぐっと耐えた。

仕事に勉強にと疲れているであろう真白に、無理をさせたくなかった。当初は衝動に任せて組み敷くばかりだったのに、進歩したものだと我ながら思う。

「でもわたし、やっぱり、先生はお優しい方だと思います」

「そうか？」

「はい。怒っても、見捨てずにいてくださったんですよね？　人間関係、煩《わずら》わしいなら捨ててしまうのが一番簡単な方法ですから。それでも向き合ってくださったわけですから、厳しくてもやはり、お優しいのではないかと」

ほわほわとした綿毛のような笑顔が、眩《まぶ》しくて直視してはいられなかった。

「優しいのは真白じゃないか」

さりげなく床に視線を滑らせながら、苦笑して見せる。

求めに応じてレセプションへの参加を決めたのも、真白の優しさゆえだ。わかっている。ペアの結婚指輪を嬉しいと言ったのも、誘いに応じて一緒に出掛けたのも。

（結婚さえすれば、満たされると思っていたのに）

とんでもない目論見違《もくろみ》いだった。

籍を入れたら触れたくなって、触れたら本音が知りたくなって、心を開いてくれるようになったら今度は、自分だけのものだと主張したくて。そして今は、その心の中に、誰より特別な存在として刻まれたいと思っている。優しさではなく、好意が欲しいのだ、夕生は。

生身の真白を知れば知るほど、欲張りになる己のなんと浅ましいことか。

「優しくなんかないですよ」

しかし、真白は何故だか傷ついた顔をする。

「わたしは、薄情な人間ですから」

「薄情？」

「はい」

どういうことだ。

尋ね返そうとすると、真白が欠伸《あくび》を噛み殺したのがわかった。限界なのだろう。当然だ。

「そろそろ寝るか。俺も部屋に……」

立ち上がりかければ、袖口をつままれて引き留められる。

「いえ、もうちょっとだけ。まだ話し足りないです」

夕生が逆らえないことを知っていてやっているかのような、いじらしい仕草だった。

仕方なく留まれば、ややあって真白はふらふらと舟を漕《こ》ぎ始めた。

「真白？　おい、真……」

声を掛けたが、かえって安心したふうにもたれかかってくる。

自分のために疲弊《ひへい》しているのだとわかるから、申し訳なくも愛《いと》おしくて、夕生は真白を担ぎ上げベッドに横にした。パジャマの襟もとから覗く白い首すじを、見ないように目を伏せる。

慈悲深い真白にだから、これ以上、愛情を押し付けるだけではいけないと思う。

（俺にとっての最善では意味がない。きみにとっての最善が、知りたい）

それからどれだけ、安らかな寝顔を見つめていただろう。

真白が寝返りを打って背を向けても、夕生はその場を守るように離れずにいた。

7　初めてのラブホテル

「それでは、お先に失礼しますっ」

まだ職員が多く残る室内に声を掛け、真白《ましろ》はオフィスを出る。

与えられた仕事はすべて終えたし、押し付けられそうになった無理な案件も「すみません」と断れた。残業ゼロで周囲の評価が変わるかと言えばそんなこともなく、簡単だったんだな、と思う。

自分を周囲に理解してもらうこと。

花村《はなむら》の件だってそうだ。その後、花村は講座にやってきたとき、真白に謝罪してくれた。結婚したという真白の言葉を信じず、加えて息子が失礼したと、手土産を持って。

（なんだか最近、いろんなことがうまく回ってる気がする）

重い裏口扉を開けてビルを出れば、殺風景な駐車場に不似合いの黒塗りのベンツが待っている。

傍《かたわ》らには、頭を下げる新川《しんかわ》の姿も。

「お疲れさまでした、奥さま」

真白が寝落ちしたあの夜以降、夕生《ゆうせい》はこうして迎えを寄越《よこ》すようになった。

もちろん最初は遠慮したのだ。リムジンでは目立つし、停める場所もない。しかしそう言うと、車種を変えればいい、気に入る車がないなら新調してもいい、とにかく真白の体が心配なのだと訴えられ、そこまで言うのならと受け入れることにしたのだった。

夕生に心配をかけるのは、真白も本望ではない。

ちなみに黒いベンツはもともと屋敷の車庫にあったものだ。

「お待たせしました。いつもお迎え、ありがとうございます。今日もよろしくお願いします」

「勿体《もったい》ないお言葉です。どうぞ」

白手袋を嵌《は》めた手で、後部座席のドアが開かれる。すると奥の座席にスーツ姿の夕生が座っていたから、真白は思わず目を丸くしてしまった。

「夕生さん、どうしてここに」

「おかえり、真白」

珍しいことだ。

何故なら夕生は普段、愛車（白ベンツ）で通勤している。最近では真白より先に帰り、帰宅した真白を迎えてくれるのが常なのだが――。

「もしかして、帰宅後にわざわざ来てくださったんですか？」

「そうだ」

「ありがとうございます。嬉しいです！」

「嬉……いや、そんなふうに無邪気に喜ばれると気が咎《とが》めるんだが」

顎《あご》を撫《な》でる仕草が気まずそうに見えて、何かあったのかな、と思う。

真白がリムジンに乗り込み、新川の手でドアが閉められると、直後に夕生はすこぶる不本意そうな声で「これから、父と母に会いに行く」と言った。

「レセプションに先駆けて帰国したから、一緒に食事でもどうだと呼ばれた」

目を見開いて、動揺してしまう。

「夕生さんの、ご両親……ですか」

「急ですまない。長引かせはしないから、すこしばかり付き合ってくれないか」

聞けば、ツジクラグループ代表である夕生の父親は、妻とともに、現在ホテルツジクラ・シドニーがあるオーストラリアに住んでおり、レセプションに出席するため、帰国したのだとか。

(すっかり頭になかった……ご両親のこと)

突然面会の機会が巡ってきたことより、その存在を忘れていた自分に驚く。

普通は、結婚より先に家族への挨拶《あいさつ》をするだろう。いくら両親同士の決めた結婚相手とはいえ、籍を入れる前にひと言あって然《しか》るべきだ。

日々、怒涛《どとう》のようで考える余裕がなかったなんて、言い訳に過ぎない。海外で暮らしていることくらい、知っておかなければならなかった。

——こういうところが、やっぱり、薄情なんだわ。

真白の脳裏には、黒い額縁の中で笑う、色のない両親の姿が浮かぶ。

ずっと実の両親を蔑《ないがし》ろにしてきた自分が、義両親を思い遣れるわけがなかった。

「……しろ、真白?」

顔を覗き込まれて、ハッとする。

「どうした？　気が進まないか？」

「あ、いえ、すみません、そういうわけでは。えと……その、わたし、着替えたほうがいいでしょうか。これでは完全に仕事帰りですよね。ドレスコードとかありませんか？」

「いや。そんなにかしこまらなくていい。指定されたレストランはうちの系列だ。以前話しただろう。俺が新人の頃、給仕の修業をしていた店だ」

カジュアルな雰囲気だから問題ないと、夕生は言う。

しかしそれから二十分ほどして、車が止まったのは見上げるほど大きな門の前だった。

西洋風の、蔦《つた》の絡まったアーチ状の門だ。待ち構えていたドアマンがすぐさま、ドアを開けて「どうぞ」と奥を示す。薔薇《ばら》の庭園が、アップライトに点々と照らされて先に続いている。

「どっ、どこがカジュアルなんですか……っ」

車を降り、夕生の腕に掴まって歩きながら、焦《あせ》って小声で訴えた。

「前を歩いている方たち、みんな正装です。わたし、浮いてますっ」

「気にするな。堂々とした者勝ちだ」

言ってみればその台詞《せりふ》は開き直りも同然なのだが、夕生に言われるとそうなのかもしれないと思わされてしまう。背すじを伸ばして歩く夕生は、内から滲《にじ》み出る自信が威厳となって、只者《ただもの》でないとひと目でわかる。同じように姿勢を正してみても、隣にいるのが申し訳ないくらいだ。

しかし夕生は満足そうに「それでいい」と低く囁《ささや》く。

「いつもそうして、胸を張っていろ」

「……え」

「浮いたっていい。俺も一緒だ。誰にも文句は言わせない」

薄暗い場所なのに、その横顔だけははっきりと、発光しているみたいに見えた。

浮いたっていい――学生時代の自分に、そんなふうに言ってくれる人がひとりでもいてくれたら。

いや、自分で自分に、そう言ってあげられたらどんなに良かっただろう。

涙が込み上げてきて、真白はさりげなく俯《うつむ》く。

(好き……どんどん好きになってく)

同時に、願う気持ちも大きくなる。自分だけが、彼の特別ならいいのに、と。夕生が真白にとってそうであるように。戸籍上の夫婦だからではなく、心から求め合えたら……。

なんて贅沢なのだろう。

うわの空で、店の入口までの外階段を上り終える。すると突然、視界が暗くなった。がばっと、正面から誰かに飛びつかれて「ひゃ！」硬直してしまう。

「会いたかったわ、真白さん！」

女性の声。

黒のサテンのロングドレスが、その人の背中で波打って見える。

誰。身動きが取れずに固まっていると「こらこら」と呆《あき》れた顔の男性が歩み寄ってきた。

「よしなさい。かわいそうに、お嫁さんが怯《おび》えているよ」

きっちりと撫でつけられた髪に、すらりとした上背。落ち着きがありながら華やかな顔立ち——大きな瞳の感じから、夕生の父親だとすぐにわかった。

もしや、と思う。

彼が夕生の父親なら、今、真白に抱きついているのは……。

「あら、やだ、わたしったら、つい」

彼女が一歩引いた途端、真白は目を見開いて圧倒されてしまった。

上品な巻き髪に、年齢を感じさせない張りのある肌。堂々とした立ち姿に、すこし派手めのメイクも難なく似合う、女優顔負けの艶《あで》やかなオーラ。間違いない。

「お義母さま……ですか」

「ええ。ふふ、そう呼んでくれる日を、ずっと心待ちにしていたわ」

にこりと笑った彼女は、高いピンヒールの上から優しい視線を真白に寄越す。

「本当に素敵な女性になったわね。本当はレセプションまで待つつもりで帰国したんだけど、昨日、お屋敷に電話したときに新川が出てね。あなたがとってもとっても魅力的なお嬢さんに成長したって聞いて、会いたくてたまらなくなっちゃったのよ」

過大評価だ。がっかりされていないだろうか。心配した直後、ハッとした。そうだ。

「あ、あのっ、ご挨拶が遅くなりまして、申し訳ありません……！」

「やだ、謝らないで。こちらだって忙しさにかまけて電話すらせずにいたんだし。今夜はそういうのはナシよ。楽しく過ごしましょ。そうそう、カルチャースクールにお勤めって本当？」

さらに話を広げようとする彼女に待ったをかけたのは、夕生の父親だ。

「とりあえず入ろうか。積もる話もあるしね。真白さん、今夜はすまないが少々、我々に祝福する時間をくれないか」

「は、はいっ」

年輪の刻まれた目もとに夕生の面影を見て、どきっとしてしまったことは夕生には秘密だ。


夕生の父親が率先して話を進めてくれたおかげで、場の雰囲気は和《なご》やかだった。

それでも真白は緊張して、何を食べても味がわからない。

「へえ。真白さんは多趣味なんだな。アラビア語に、ケーキ作りに、ヨガまで」

「趣味というか、どれも少々齧《かじ》った程度なんです。勤め先で、講座の枠が余ったときに穴埋め要員として参加しているだけなので……、あっ、でも、とても楽しく習わせていただいています」

「素晴らしいことじゃないか。夕生からは、学生時代でさえ趣味の話は聞かなかったからね」

「何度も話した。俺の趣味はホテルステイだ。土産物だってしょっちゅう送ったはずだ」

むすっと答えた夕生を前に、そうだっけ、とばかりに考え込む義父が楽しい。

きっと夕生は、この大らかな両親のもとで自分がしっかりせねばと気負いながら育ったのだろう。

度を越した『最善を尽くす』性格の源を垣間見たようで、興味深く思う。

「あのねえ」とは、円形テーブルの右隣にいる義母の声だ。

「あれはどう考えたって趣味じゃないでしょ。夕生あなた、お土産と一緒に毎回、滞在したホテルの詳細な手描き地図、問題点の指摘、果ては他ホテルとの比較まで記した報告書を送ってきて……もはや仕事よ。敵情視察以外の何物でもないわ」

「だったら、なんだ。頭を空《から》っぽにして楽しめとでも言うのか」

「それを趣味って言うのよ……。ああもう、どうしてこんな的外れな子に育っちゃったのかしら。真白さん、引いてない？」

心配そうに視線を向けられ、急いで首を左右に振る。

「そんなことないです！　わたし、尊敬しています。夕生さんのそういう、常にベストを尽くせるところ。わたしも夕生さんを見習って、レセプション準備、頑張らなきゃって思います」

口もとを「まあ」と押さえ、義母が喜ばしげに義父と目を見合わせた。

そんなに息子を好意的に見てくれているのかと、驚いた様子でもある。

もしかして、恋心まで見透かされてしまっただろうか。夕生にも？　チラと左に視線を向ければ、ナイフを止めて「何を言う」と呆れたように言われる。

「俺を見習うまでもない。真白はすでに完璧だ」

褒めすぎだ。頬がかあっと熱くなる。

控えめに「そんなことないです」と顔の前で手を振れば、夕生はこう付け加えた。

「なんと言っても、真白はマナー講師が裸足で逃げ出す素養の持ち主だからな」

「はっ、裸足って……っ、違うんです。たまたま知り合いだっただけで、わたし」

「いや。木偶《でく》の坊《ぼう》から言わせれば、人間として認識されているだけで凄い」

言うや否や肩を竦《すく》め、木のように固まって見せる姿に、思わず噴き出してしまった。義両親も同時に、思い出したように声を上げてあははと笑う。

「懐かしいわ！　その講師、夕生の家庭教師だった、あの方ね？」

「ああ。マナーと言えば彼女に頼めばいいと、実家の執事が新川に吹き込んだらしい」

義両親とともにひとしきり笑って、笑って……それから次に口に含んだムースは、驚くほど美味しかった。笑ったからだろうか。肩から一気に緊張が抜けて、気持ちが楽になった。

（もしかして、わざと、笑わせてくれた……？）

左隣を見れば案の定、安堵《あんど》したように夕生がこちらを見ていた。

やはり。さりげない気遣いに、胸の奥のほうがじわっと淡い熱を持つ。初対面で感じた、ひどく不機嫌で強引な印象が嘘のようだ。今の夕生は穏やかで優しくて、そしてひたすら甘い。

「あ、あの、そういえば先日、ホテルツジクラ東京本館を見学させていただきました！」

負けじと話題を変えれば、すぐに「どうだった？」と義母が乗ってくれる。義両親はともに聞き上手、話し上手で、夕生も見守っていてくれたから、時間は駆け足で過ぎていった。

思えば――。

実家を出てからというもの、本当の両親とじっくり話したことはなかった。

父も母も、下宿先である祖母宅にまめに来てくれたし、だから家族の時間だってそれなりにあった。しかし笑顔で対応しながらも、いつも警戒していた。踏み込まれたくないと思っていた。離れてやっと訪れた平穏な心に、波風を立ててほしくなかった。

あの頃、父と母は何を思っていたのだろう。

自分のことしか頭になかった己が、今になって悔しい。

「ところで、ご両親のこと、本当に残念だったわね」

夕生の母親がそう言ったのは、食後のコーヒーを飲み始めたときだ。

どきりとして、カップを持つ手が震《ふる》えてしまう。今、まさに胸に渦巻く後悔を言い当てられたようで、動揺したのだ。だが、義両親と話すなら避けては通れない話題なのだろう。

「申し訳ありません。連絡もせず、内々で葬儀を済ませてしまいまして……」

「いいのよ。こちらこそ、気づくのが遅くなってごめんなさい。訃報を知って、すぐにご実家にお伺いしたのだけれど、誰もいらっしゃらなくて。真白さんに会いに行こうにも、夕生から止められていたものだから……って、なんだか言い訳みたいね」

「いえ、そんな」

かぶりを振りながら、真白は思わず左隣を見る。夕生は普段通りの顔で——言ってみれば努めてしんみりすまいという様子で「母の言うとおりだ」と言う。

「俺が父と母を止めた。本当は俺だってきみに寄り添いたかったが、きみ自身がご両親との別れを受け止め切れていないうちに、他人がしゃしゃり出て行ってはならないと思った。ましてや俺はきみのご両親から聞いていたからな。俺が会いに行かなかった所為《せい》で、家族の関係を拗《こじ》らせてしまった、と」

「それって、この間おっしゃっていた、うちのラブホテルを見に行ったときのお話ですか」

「ああ。今思えば、俺は彼らに任せきりにせず、自らきみと対話すべきだったんだろう。ご両親が亡くなる前に、信頼関係を築いておくべきだったんだ」

夕生の後悔はもとを辿《たど》れば、真白の後悔に繋がっているに違いなかった。

ただ己を守っているつもりで、傷つけている人がいた。自分だって、正しいばかりではなかった。そして、見方を変えれば真白の両親にも譲れない正しさがあったはずで……。

「真白さんのご両親には、感謝しかないのよ」

ますます気を重くしていく真白の右隣で、義母はしみじみ言う。

「許嫁《いいなずけ》のこともだけど、毎年、娘の命日にはお花を送ってくれたこと、本当に嬉しかった」

命日。

その言葉に、真白は引き戻されて顔を上げる。そうだ。そういえば、母が言っていた。許嫁の母親とは産婦人科で知り合い、彼女は生まれたばかりの娘を亡くしていた、と。

「あの子はもともと、産むことができても長くは生きられないと聞いていたの。覚悟はしてた。だからこそ、誰にも邪魔をされず静かにあの子を見送れるよう、見ず知らずの土地にある病院に転院したの」

つまりそれが、辻倉家ともあろう名家の人間が自宅を離れ、縁もゆかりもない場所で出産した理由なのだろう。腑《ふ》には落ちたが、真白はもう、何も言えなかった。

「でも、見知った人が誰もいない状況は、かえって良くなかった。孤独感ばかり募って、このまま消えてしまおうかな、なんて思ったりして。あなたのお母さまと出会ったのは、そんなときだったわ」

「……」

「ほかの入院患者さんは腫《は》れ物に触れるみたいに私に接したけれど、彼女だけは普通だった。食堂で一緒になったとき、経営しているラブホテルについて教えてくれてね」

ありがたかったわ、と義母は言う。

「ラブホテルって、見ず知らずの誰かと語り合うようなものじゃないでしょう？　私、入ったこともなかったし。だからこそ、非日常とでも言うのかしら。現実を忘れられたの」

そうこうするうちに、夕生を連れた夫が見舞いに来て、真白を抱っこして……という、つまり、ふたりが許嫁になるまでの流れはそんなふうらしかった。

母には少なからず同情心があって、少しでも彼女に未来への希望を与えたいと、許嫁の話を持ちかけた——あるいは引き受けたのかもしれない。

もはや確かめる術はないけれど。

「ねえ真白さん、私たち、パズルみたいな家族だと思わない？」

パズル……帰る場所をなくした真白と、娘というピースをなくした彼ら。

確かに、その通りだ。父と母は予想していたのだろうか。こんな未来がやってくることを。

考えれば考えるほど両親と話をしておけばよかった、と悔やむ気持ちが強くなって、真白は頷くことしかできなくなる。せっかく、これほど素敵な義両親が胸襟《きょうきん》を開いてくれているのに、笑顔で応《こた》える余裕がないことが申し訳なくて――。

どうしよう、泣きそうだ。

「では、俺たちはこの辺で失礼する」

そこで、察したように夕生が割り込んだ。

「もう二時間だ。用が済んだなら帰る」

「待ってよ、夕生。せっかく真白さんに会えたんだから、もうすこしくらい、いいじゃない」

「真白は明日も仕事だ。レセプションまで日もない。行くぞ、真白」

「え、あ」

うろたえているうちに、手を引かれ、椅子から身を剥《は》がされる。

真白は慌《あわ》てて義両親に頭を下げ「今日はありがとうございました」とお礼を言ったが、彼らは逆に「すまないね」とお詫《わ》びの言葉を返してくれた。

「夕生はいつもこうなんだ。引き留めてもあっさり。真白さん、巻き込んで申し訳ない」

違う。そうじゃない。夕生は真白を庇《かば》っただけだ。そう言いたいけれど言えないまま、店を出て新川が運転する黒のベンツに乗り込む。

「大丈夫か？　どこか苦しいのか？　横になるか？」

すかさずそう言ってくれる夕生の優しさに、泣いたら駄目だと強く思った。

泣ける立場じゃない。いつだって、振り返れるのに振り返らずにいたのは自分だ。

胸にあるわだかまりとは、その気になればいつだって向き合えた。

過去を変えることはできないが、過去を過去として終わらせることはできた。

それができるのは自分だけだとわかっていたのに、踏み出す勇気を持てなかった。

（このままじゃダメだ）

後悔ばかりしていても、先に進めない。

いい加減、区切りをつけなければ。

恋した人と触れ合える幸せを、知った今だからこそ。


「どこへ行くんだ、真白！」

レストランを発った直後、真白はお願いしてベンツから降ろしてもらった。

夕生と一緒に。

新川は最初、不思議がっていたものの、真白の思い詰めたような表情から察するものがあったのだろう。先に屋敷へ戻りますと言って、あっさり去っていった。

「おい真白、聞いているのかっ」

混乱しきりの夕生の手を引き、真白はスマートフォンを片手に、地図アプリを見ながら駅裏へ行く。歓楽街の横道、そこは煌《きら》びやかなラブホテル街になっていた。

一軒の前で立ち止まり、夕生を振り返る。

「入りましょう」

「は⁉」

当然のごとく夕生は狼狽《ろうばい》した。

「なっ、何を突然、言い出すんだ。屋敷でないところに泊まりたいなら、すこし行ったところにツジクラがある。平日だし、空《あ》いている部屋もあるはずだ。今からでも新川を呼び戻し……」

「いいえ。ラブホテルでなきゃ、だめなんです」

距離を詰めて斜め下からずいと迫り、訴える。

「一緒に入ってください。夕生さんと、入りたいんです」

ラブホテルを揶揄《やゆ》しなかった、彼と。

なにより恋した人だから、相手は夕生以外に考えられない。

「……何か、理由があるんだな？」

「そうです」

「わかった」

夕生が諦《あきら》めたように頷いたから、真白は先んじて建物に入った。

すぐに目隠しされたフロントを見つける。もしかして、先に予約が必要だっただろうか。

聞いてみようとすると、夕生が「一泊で」と割り込んだ。渋っていたわりに料金を先払いし、部屋を決め、キーを受け取ってくれる。やけに慣れた様子だ。

なんとなく釈然としない気分でいると「実験的に泊まってみたとき以来だな」と夕生は言いながら廊下を進んだ。

「実験？」

「以前、話しただろう。おまえの実家のホテルを見学したあと、興味を持ってあれこれ調べてみたのだと。勉強のために、ひとりで何カ所か行ってみたんだ。当然、記録にも残してある」

夕生らしい言葉だった。

別の誰かと利用したわけではなかった——よかった、と咄嗟《とっさ》に思って、自分の単純さに、少し恥ずかしくなる。

廊下は静かだ。ベルボーイやほかの宿泊者たちの姿はない。もちろん、艶《つや》っぽい声が漏れ聞こえてもこない。ホテルツジクラと違うのは、ひどく狭いことと調度品の格くらいだ。

「ここだ」

夕生が立ち止まったのは、角の部屋だった。カードキーを差し込み、扉を開く。

やや緊張しながら、夕生のあとに続いた。

「……お邪魔、します……」

そうして入室したものの、ややあって真白はぽかんとした。

十二畳ほどの洋室はエスニックなリゾートふうの壁紙で、角角に観葉植物が置かれている。

壁際にはダブルベッドがひとつ。サイドテーブルにソファ、テレビに冷蔵庫、それからコーヒーマシン……設備は普通のホテルと変わらないし、なにより清潔だ。

「これがラブホテル……ですか？」

ビジネスホテルと変わらない。

拍子抜けだ。

「どんな部屋を想像してたんだ。回転木馬があるとか、ベッドが回るとか？」

「えと、回転木馬って」

「想像すらついていなかった、という顔だな」

その通りだった。真白はラブホテルがどんなものか、調べてみたことも想像したこともない。とにかく卑猥《ひわい》で、近づくことも躊躇《ためら》われるイメージ——いや、はっきり言えば小学生の頃に男子から言われた「えろーい」という単語から推測される、稚拙《ちせつ》なイメージしかないのだ。

きょろきょろと室内を見回していると「何を探してる？」と訝《いぶか》しげに問われる。

「それは……その、ラブホテルがラブホテルである所以《ゆえん》と言いますか、ラブホテルらしいもの……でしょうか」

これではわざわざラブホテルに入った意味がない。

ベッドの下でも覗いてみようか、と思っていると、夕生はぐるりと壁を眺め見たあと「あれ」と観葉植物の奥を顎で示した。

「開いて見てみるといい」

見れば、壁には背の低い扉がある。

備え付けの冷蔵庫だろうか。真白はそう思ったが、がぱっと扉を開くと、あったのはガラス扉の自販機だった。ジュースではなく、お菓子を売るタイプのものだ。

「これの、どこがラブホテルらしいものなんですか？」

しゃがみ込み、中を覗いて、首を傾げてしまう。

売っていたのは箱に入ったナマコのような形状のもの、長いコードが付いたピンク色の丸い何か、多分羽ペン、そしてボトルに入った水飴のような透明の液体……。

「変わったお菓子ですね？」

「菓子じゃない。……おまえ、疎《うと》いにも程があるぞ」

それでよくここに入ろうと思ったな、とばかりに長くため息をつき、頭を抱える。そしてその格好のまま、奥の扉を示した。

「風呂にでも入れ。話はそれからだ」

そう言って、煩《わずら》わしそうにネクタイを引き抜いた。


「うわあ……」

バスルームで待っていたのは、猫脚付きのバスタブだった。半分屋根がなく、半露天風呂になっている。薔薇《ばら》の花びらも浮いているし、ここがどこかということを忘れてしまいそうだ。

(ラブホテルって……こういうところだったんだ)

父と母が生涯かけて、取り組んだ商売。真白の半生を呪っていたもの。

入ってしまえば、大したことはなかった。むしろ、料金が安かったわりに露天風呂まであって良心的ではないか。手狭ではあるが、充分のんびりできそう……などと呑気《のんき》に構えていられたのは、お湯に浸《つ》かったところまでだった。

「失礼」と、腰にタオルを巻いて夕生がやってきたからだ。

「えっ、い、一緒に入るんですか⁉」

「ああ。気が変わった」

「気が変わったって、こんな、突然……っ」

「動くな。こういう脚付きの湯船はバランスがすこぶる悪い」

焦る真白のすぐ後ろに体を沈める夕生は、手に赤いキャップのボトルを持っている。先ほど自販機の中にあった水飴っぽいものだ。買ったのだろう。

入浴剤だったんですか、とは、尋ねる間もなかった。

中身を掌《てのひら》に出した夕生が、それをぬるりと真白のうなじに塗りつけたからだ。

「ひゃっ」

「悪い。冷たかったか」

「少し……というか、これ、なんですか？」

驚いたのは冷たさというより、その滑《なめ》らかさだった。化粧水や乳液など比べ物にならないほど、潤滑がいい。まるで油みたいだ。粘度のある、透明の油。

入浴剤でなければ、当然、水飴でもない。

湯船に入れてしまっていいものなのだろうか。

思わず振り返った真白を、夕生はさりげなく膝立ちにさせる。そうしてあらわになった乳房にも、ぬめった掌を滑らせた。とろり、と左胸が夕生の手の中で逃げる。

「やっ、あ！」

身体中、総毛立つほどのくすぐったさだった。

咄嗟《とっさ》に腰を引けば、ガタンと湯船が揺れ、中身が溢《あふ》れて床を打つ。

「あ……」

「だから言っただろう。猫脚は不安定なんだ。じっとしていろ」

「そ、そんな」

じっとしていろと言われても。

真白は震えながら、右胸にたっぷりと透明の液が塗られるのに耐えた。胸もとだけてらてらと、見せつけるように光っている。夕生の手はゆったりと動き、離れれば細く糸を引いた。

「あ、あ」

なんていやらしい光景だろう。

ぬとぬとと撫で回される感覚に加え、胸だけが強調されてやけに性的に見える。

(恥ずかしい……っ)

まるで、乳房だけが夕生の玩具《がんぐ》になってしまったかのようだ。

羞恥に耐える真白を煽《あお》るように、夕生は何度もボトルを傾け、中身を乳房に塗りつけていった。

垂れるほどドロドロにされた胸は、先端が尖《とが》りきったまま、すっかり敏感になっている。

「ん、ぁ……ぅ、すご……ぃ、これ……」

「そうだな。俺も、初めて使う」

真白の目はすっかり、夕生の手に釘付けだった。

垂れた透明の液をすくい上げ、胸に塗り直し、糸を引き……。

繰り返される愛撫《あいぶ》は、視覚的にも真白を酔わせようとしているのがわかる。

「よく見ろ。これがどういうものか、確かめるんだ」

「あ。あ、どうして……っ」

「ラブホテルっぽいもの、知りたかったんだろう？　これは俺が調査したラブホテルのすべての部屋で買うことができたものだ。そこそこ『らしい』ものだと思うが」

「アっ、んん、先のほうばっかり、そんな……っあぅ、ぬるぬるされたら、ぁ」

下腹部がキュウっと切なさにわなないている。欲しくて、たまらなくなってくる。

「ひとつ、いいことを教えてやろうか」

真白の背中にまでローションを塗り広げながら、夕生は意地悪く囁く。

「この外は、細い街路になっている」

「え」

「おまえの声に聞き耳を立てている誰かが、いるかもしれないぞ」

どきっとした。

慌てて口もとを片手で押さえれば、夕生の手は胸から逸《そ》れて脚の付け根へとやってきた。

「や、ま、待っ……」

「待たない」

もちろん、身動きなどできない。

逃してなどもらえない。

だからなすがまま、割れ目をゆるりと撫でられてしまい――。

「……へえ。こっちはもう、潤滑剤なんて必要ないくらいだな」

「あ、ぅ、いじわる……っ」

「俺をここに誘ったのはおまえだ。警戒しろと、言ってあったのに」

抱き寄せられると同時に、内側へと指を進められる。

それも中指と薬指を、二本いっぺんにだ。

「ンン、ん……っ！」

あっけなく根もとまで咥《くわ》え込んだそこは、ひくひくと波打つのを止められない。腰も自然と揺れているし、夕生の手に接続部を押し付けてしまっている自覚もある。

「快《よ》さそうだな。イッてる、か……？」

「ア、あ、聞か……ない、でぇ……え……っん、んっ」

もう止められなくなって夕生の首にしがみつくと、ローションだらけの胸が夕生の肩でぬめった。

大きな舌に、べろりと舐《な》められたかのよう。

腰はますます揺れ動き、パシャパシャとお湯が外に逃げた。

「んう、ン、っ」

声を抑えていられたのは、ここまでだ。

というのも、夕生が肩で器用に真白の胸を撫でながら、中の指を揺らしたから。

「あ、あっ」

「わかってるよな？　朝まで、解放されはしないって」

「ひぁ、アぅ、ダメっ……夕生さ、外側の、まで、一緒に弄《いじ》ったら……ぁ、あっ」

「いや、朝までならまだいいほうだな。なにせこの間は、午後中ずっと抱いてもまだ、足りなかった。突き詰めきれなかった。もっと、奥まで知りたかった」

夕生の指がゆるゆると動くたび、お湯が内側に侵入してくる。湯面から上の体は外気にさらされて寒いほどなのに、内側は熱く、みるみるのぼせそうになる。

加えて夕生は親指を花弁《かべん》の隙間に入れ、そこにある粒をコリコリと転がしていた。

じんじんとした痺《しび》れが、下腹部を満たしていく。

(あ、ダメ)

達したばかりの内側が、波を返すようにまた、昂《たかぶ》る。急激な快感に押され、今度こそ制御なんて利かなかった。激流に巻き込まれ、呑《の》み込まれていく。

「つア、……ッ、あ、アっ、きちゃ、う」

「いくらでも来い。俺が受け止める」

「……あァア、あ――！」

ガタガタと揺れる湯船の中、真白は必死になって夕生にしがみついた。腰の揺れを抑えたいのに、どうしても止められない。夕生の指を咥え込んだまま、大げさなほど跳ねてしまう。

「つは……」

落ち着いたのは、存分に快感を味わったあとだ。

力なく夕生の胸に体を預けていると、中の指を抜かれ、胸もとを撫でられた。

そうしてローションを丁寧に洗い流されれば、決まった手順のようにバスタオルで包まれ、ベッドまで運ばれる。しかし安心して瞼を閉じていられたのは、夕生が照明を調整するわずかな間だけ。

「真白」

仰向《あおむ》けのまま組み敷かれると、ずっと欲しかったのだとばかりに胸の先にかぶりつかれる。

「あ……!!」

すでに弄り倒されていたそこは、やんわりと吸われるだけで泣きたいくらいに快《よ》かった。右胸も左胸も、揉《も》みしだかれながらしゃぶられ、舐め尽くされて……。

気怠《けだる》く、思い通りにならない腕で、どれだけ夕生の背中にしがみついただろう。

気づけば夕生は、ピンク色の何かを手にしていた。

あの自動販売機に入っていたものだ。

左手の中にある、本体らしきもののスイッチが入れられる。と、かすかに機械音がして、細いコードで繋がった小ぶりなカプセルのようなものが震え始める。

「それ……は」

「教えてやろうか。どうやって、使うのか」

スイッチを入れたまま、夕生はそのカプセルを真白の右胸の先に押し当てる。突然の強烈な刺激に、真白は飛び上がった――なに、今の。

ぼんやりしていた視界が、いきなりクリアになったほど。

「なん、ですか……それ……っ」

「ふうん。悪くないみたいだな。では、もっと感じるところを探そう」

「や、嘘」

真白は首を左右に振って見せたが、大人しく引く夕生ではない。

うなじ、鎖骨、胸の膨らみから脇腹……もれなくカプセルを押し当てられ、のたうつ体は今にもベッドから転げ落ちそうだ。

「ここも、だ」

最後にあてがわれたのは、脚の付け根だった。

それも、太ももを押さえつけられ、花弁をぱくりと広げられた状態で。

「ン、ぅアっ、あ……‼」

もはや声にならなかった。細かな震えに腰が浮き、一気に快感の頂《いただき》へと押し上げられる。喉の奥が引き攣《つ》り、声にはならなかったが、弾けたのは間違いなかった。

突然の絶頂におののく真白を、夕生は離さない。

「へえ……その反応は、初めて見た」

真っ赤に膨れたその粒に、引き続き震えるカプセルを押し当て続ける。

「やっ！　まっ、て、ダメぇ、え……っあ！　ンァあっ、これ以上、はっ」

「本当に嫌なら腰を引けばいい。そうしないのは、本当は望んでいるからだろう？」

この刺激を。

と、言い当てるように囁かれながら、右胸の先をキュッとつままれたのが最後だ。

「あ、あ、……ンんっ……ン――!!」

連続で弾けたあとは、理性の糸が切れてしまった。

振動するそれを蜜口《みつくち》に浅く埋められても、コードを垂らして身体中を這《は》わせられたりしても、なすがまま、感じさせられるままに、真白は全身をくねらせて甘くよがった。

（……きもちいい……ぜんぶ、気持ちよくて、うれしい……）

お尻のほうまでどろどろに濡らしてしまっていることは、気づいてもどうにもならない。

「欲しいか？」

問いかけながら握らされたのは、雄のものだ。

「は……い……」

硬く滾《たぎ》ったそれを両手で包み、さする。思っていたよりずっと、ごつごつして重い。今からこれに入り込まれるのだと思うと、恍惚《こうこつ》とせざるを得ない。

すると「どこだ？」と夕生が挑発的に言った。

「どこに欲しいんだ？」

普段なら、即答などできない。

しかし今、真白は大胆に脚を開き、屹立《きつりつ》の先端を入口にあてがう。

「ここ……」

すっかり、雰囲気に呑まれていた。

きっと他の部屋でも、何組ものカップルがこうして抱き合っている。声を上げ、愛し合っている。

そう思うと、いつもより大胆なこともできてしまう。

「ここに、いっぱい、いっぱい欲しい……」

言うや否や、奥まで貫かれた。

この頃には夕生も限界だったらしく、繋がったらあとは、果てるまで動きを止めなかった。

翌日の仕事を忘れて朝まで抱き合い、わかったことはひとつ。

分かち合う相手がいるだけで、いやらしさも恥ずかしさも形がまるで変わる。真白はずっとどちらも「恥」のひとつだと思っていたが、そんなに単純な話ではなかった。

そして父と母は、そこに生まれる本能を知っていた。

ようやく、彼らと同じ目線に追いつけたような、そんな気分だった。

8　始まりのラブホテル

明け方、窓のない部屋のベッドの中で、真白《ましろ》は決意してすべてを打ち明けた。

実家でラブホテルを経営していたがために、経験した孤独。あるとき限界を迎えて、両親にぶつけてしまった不満。それ以降、素直になれなかったことへの後悔……。

そして、ふたりが亡くなって一年が経つ今でも、遺品整理ができていないことも。

「今は……幼かったなって、思います。わたし、ずっと」

夕生《ゆうせい》なら、何を話しても受け止めてくれると信じてはいた。

それでも少し怖かったのは、言葉にすることで改めて突きつけられる現実に、自分がどこまで耐えられるか、だった。けれど、もう、逃げたくなかった。

「子供に理解しろというほうが無理だろう。嫌な思いをしたのならなおのこと、嫌悪感を抱いて当然だ。それを解消するのは親の役目だ」

「そうですね。子供の頃は、仕方なかったのかもしれません。でも、親もとを離れても、大人になって社会に出てからもまだ、わたし、意地を張り続けてきたんです」

薄情でした。

そう告げると、夕生は何か納得したような、理解したような顔になる。それから軽く唸《うな》り、己の右腕を立てて枕にして「どうしたい？」と言った。

「おまえは、どうしたいと思っている？」

天井を見上げていた真白は、ゆるりと左に視線をやる。

「どう……って」

「現状を変えたいと思うから、ここへやってきたのだろう。違うか」

そのとおりだった。どうして、何も言わなくてもわかってくれるのだろう。

真白は戸惑《とまど》いながらも、胸に散らばった後悔をかき集める。

このままではいけないと思った。向き合いたいと思った。

だとしたら、今、しなければならないのは。

「この目で……確かめたいです。父と母の、ラブホテル」

なにもかも、そこから始まった。

目を背《そむ》けたままでは、先へは進めない。

「それから、ちゃんと、ふたりを弔《とむら》いたい。遺品整理だって、したいです」

夕生は頷《うなず》く。わかった。そう言いながら、頭の中で急ぎ何やら考えているようだった。視線を壁にやり、ぶつぶつと小声で呟《つぶや》いたあと、真白と目を合わせ直す。

「ならば、行こう」

何を言われているのかわからなかった。

「行くって、どこへですか」

「おまえの実家だ。俺も一緒に行く。おあつらえ向きに、そこに駅もある」

つまり今日、これから出発だと夕生は言いたいらしい。

まさしく夕生らしい発想だ。目の前の出来事に、常に最善を尽くす。

しかし真白は目を見開き、ええっ、と叫ばずにはいられなかった。

幸いだったのは、その日が金曜、翌日は土曜だったことだ。欠勤は一日で済む。

しかし日曜にはレセプションがあるので、たった二日間の弾丸帰省ということになる。

「すみません、これから実家へ……はい。はいっ。月曜日には出勤しますので」

職場には移動中に欠勤の旨を告げ、急行列車に揺られること一時間。

真白は一年ぶりに、地元の駅に降り立った。

(本当に戻ってきちゃった……)

ひと気もまばらなロータリーには、自治会の名前入りプランターが並ぶ。植えられたカラフルな花々の向こうを、トラックが通り過ぎる。自転車で行き交う学生。わずかに、土の匂い。

遠くで、遮断機の音が幻みたいに響いている。

嘘のようで、茫然《ぼうぜん》としてしまう。

「どうした？」

「あ、いえ、お葬式の日、以来だなって」

すぐに夕生がタクシーを拾ってくれたので、真白はしばし、車窓を眺めながらぼうっとしていた。

田舎に不似合いの洒落《しゃれ》た尖塔《せんとう》が見えてきたのは、十分ほどあとだった。

「行こう」

タクシーの料金は、夕生が支払ってくれた。真白は茫然としたまま彼に手を引かれ、タクシーを降りただけ。もう目の前に、ラブホテルの門が聳《そび》えていた。

赤いコーンとチェーンで封鎖された入口には、ガムテープでバツ印を加えられた看板。休憩二時間六千円。一泊一室九千円……心臓が、押し潰されるように痛くなる。

周囲に歩行者の姿はないのに、視線を感じるようで、深く息を吸えなかった。

前回もそうだった。知り合いに会ったらと思うと、身が竦《すく》む。染み付いた警戒心が、全身を硬くする。何かが具体的に怖いというより、反射的に怯《おび》えてしまうのだ。

この建物の側《そば》にいるだけで。

と、すかさず背中をポンと叩かれた。

「心配はいらない。俺がいる」

そのひと言が、どんなに胸に沁《し》みたか。

(そうだ。ひとりじゃない。夕生さんがいてくれる)

真白は胸に手をあて、深呼吸をする。

一度、二度。そうして波立つ気持ちを落ち着けて、視線を上げる。

青空に聳えるのは、田舎に不釣り合いな西洋もどきの城。不思議と、肩透かしを食らった気分だった。想像していたより、全体的に小さい。圧倒されるほど高くもなければ、堅牢さもない。そして何よりグッと古びた感じが、萎《しな》びた印象を与えているのかもしれない。

こんなものだっただろうか。

思えば塔をまともに見上げるのは小学生の頃以来で、一年前の葬儀の際も真白はずっと俯《うつむ》いていた。以前の印象なんて、覚えていなくて当然だ。

「誰か、管理者がいるのか？」

とは、手でチェーンを持ち上げてくぐった夕生の言葉だ。

はい、と真白は頷き、夕生のあとに続く。

「近くに伯母夫婦が住んでいるんです。ここが営業していた頃から手伝ってもらっていて、今は毎月、管理費をお支払いして施設の維持をお願いしています」

父と母が亡くなったあと保険金が下りたから、現在はそれを管理費やら税金の支払いやらに充《あ》てているのだ。遺産もあるにはあったが、相続税と相殺《そうさい》する形で消えてしまった。

「再営業の予定は？」

「……ないです。もともと、数年は赤字経営だったらしいので」

いずれ、手放すか取り壊すか――決めるのは真白だ。

施設の維持は、それまでの仮の措置に過ぎない。

わかっていたのに、拒否していた。向き合うことから、逃げていた。

「ここが管理棟です」

真白は父と母がたびたび出入りしていた、塔の根もとに立つ。目隠しするようにドアノブまでレンガ色に塗られたその扉を、鍵一本で解き放つ。

鍵はずっと、持ち歩いていた。印鑑を入れているポーチの中に。

考えるのを拒否しながらも、忘れてはならないと自戒してはいたのだ。

「……入ります、ね」

緊張しながら一歩、足を踏み入れる。

当然、初めて入る場所だ。しかし途端に鼻についたのは、懐かしいにおいだった。実家とはまた違う。水場のような……そういえば、父と母の衣類からこんなにおいが時々していた。

――お父さん、お母さん。

幼い頃は毎日のように、この香りのする胸に飛び込んでいたものだ。父のことも母のことも大好きで、両親がいなければ真白の世界は成り立たなかった。

唐突に、よぎる不安。

このラブホテルを知って、父と母との思い出と向き合って、それで？

自分が間違えていたことを再確認して、取り返しがつかないことに愕然《がくぜん》として、後悔を深めて、そしてその先に待つのは、二度と立ち上がれなくなる絶望だけなのでは――。

思わず立ち止まってしまう真白に「おい」と夕生は言う。

「スマートフォンは持っているな？」

「え？　あ、はい。持ってます、けど」

「すぐに手もとに出せ。必要書類を送る」

「必要書類……？」

こんなところでいきなり、何を言うのだろう。

疑問に思いながらもスマートフォンを取り出すと、無線通信でファイルが送られてくる。開けばそこには、横書きでずらりとチェック項目が記されていた。

部屋の広さ……充分余裕がある、余裕、狭いが気にならない、狭い。

天井の高さ……充分余裕がある、余裕、低いが気にならない、低い。

ベッドの大きさ、バスルームの広さ、湯船の大きさ、形、空気清浄機の有無、清潔さ、それからポイントカードの有無まで、事細かく質問が設定されている。

「これは俺が趣味でつけている、宿泊施設の利用記録だ。項目は全部で百二十ある。せっかくの内部見学だからな。おまえにも記入後、返送してもらいたい」

それはまさしく、夕生の母親が言っていた例の調査報告書だった。

さらに真面目な顔で「後日、レーダーチャートにして渡そう」と言われ、一瞬我慢したものの、噴き出してしまう。

「……っふ、ぁはっ、あははは っ」

「なぜ笑う」

「だ、だって、こんな……こんなところで、レーダーチャートって……っ」

夕生は釈然としない顔をしていたが、ひとしきり笑って、笑って、滲《にじ》んだ涙を拭《ふ》いたときには、すっかり気持ちが前向きになっていた。どうして悲観してしまったのだろう。

結果なんてどうだっていい。

一年もの間、目を背けてきたものに立ち向かえているのだ。今は、それだけで進歩だ。

「ありがとうございます。使ってみますね。ふふふ」

「笑いながら言われると癪《しゃく》なんだが」

「ふふ。夕生さんがいてくれて、本当に良かったです」

気を取り直してブレーカーを入れ、照明をつけると、目の前に螺旋《らせん》階段があった。

管理棟としての機能は上にあるらしい。

恐る恐る上れば、リネン室を見つける。扉はなく、大量のリネン類とともに、業務用の洗濯乾燥機、掃除用具入れが並んでいる。

また、向かいにはロッカーを備えた小部屋があった。中央に小さなテーブルと、椅子が四脚。壁際に冷蔵庫、二口コンロ、小さな食器棚……。

「事務所か」

「そうだと思います。営業をやめたあと、パソコンや営業日誌は実家へ引き揚げたと伯母が言っていました。なんだか、がらんどうですね」

ここに父と母の姿があったのだろうか。

想像すると、違和感があるようにも、しっくりくるようにも感じられて、複雑だった。

ふたりはさらに奥へ進む。この先が客室だろう。

昨日初めてラブホテルを利用してなんとなくわかったことだが、ここには利用客と出くわさず、従業員が客室に向かえる通路があるはずなのだ。

真白の予想どおり、ドアの向こうにはさらにドアが並んでいた。

「手前から、でいいか?」

慎重な問いかけに頷くと、夕生は先んじてドアを開いてくれる。

短い廊下を進めば、やはりそこには客室があった。

「……あ……」

照明を点《つ》けて、真白は目を見開いてしまう。

ラズベリー柄の壁紙に、組み木細工の床、壁には暖炉を模した飾り棚があり、天井からはひと目でただのガラスではないとわかるシャンデリアが下がっている。

知っている、と思う。

目の前にあったのは、夕生の屋敷そのままの——いや。あの屋敷を小さく模したような、アンティーク調の可愛《かわい》らしい部屋だったのだ。

ひとつ明らかに違うのは、ベッドの周囲が鏡張りになっていることだけ。

「どうして……」

よくある意匠と言えばそうなのかもしれない。こういう様式の建築は他にも存在する。明治の洋館講座でも習ったし、テレビでも取り上げられているのを目にしたことがある。

だが、それにしたって壁紙の模様、暖炉を飾るエキゾチック柄のタイルなど、類似点が多すぎる。

ゆるりと振り返れば、夕生が室内を見回しながらわずかに笑った。

「驚いたか？」

全部知っている、という顔だった。

「言っておくが、オリジナルはうちの屋敷だからな」

「どういうことですか。夕生さん、知ってたんですか、この内装」

「ああ。以前話しただろう。ここにやってきたことがある、と。そのとき、ご両親にお願いして空《あ》き部屋の見学をさせてもらった。実在する屋敷の内装を模したのだと、ご夫婦で教えてくださった。本当は本物が良かったが、買い取るための予算が足りなかったそうだ」

真白はうろたえざるを得ない。

夕生が真白の両親に会っていた。その話なら、昨日聞いた。義両親との食事の席でだ。

しかし、ラブホテルの中まで見学したとは知らない。ましてや、内装云々《うんぬん》のことなんて。

「じゃ、じゃあ、夕生さんはたまたま、モデルになったお屋敷に住んで――」

言いながら、違う、と思う。

何故ならメイドたちや新川《しんかわ》が言っていた。

夕生はもともと別の屋敷に住んでいて、結婚するために今の屋敷を手に入れたのだと。

「わ……わざわざ、買ったんですか。モデルになった、お屋敷」

「そうだ」

「……なんでそんなこと」

「たまたまだ。たまたま、売りに出されていた。それだけだ。せっかくの価値を理解しない輩《やから》に買われて、下手に改築されるのも忍びないからな」

夕生はあっけらかんと言ったが、善意が多分に含まれていることは語られずともわかる。

ひょっとしたら、真白の両親を招いて驚かせる算段だったのかもしれない。それで、将来は一緒に住もうとか、言ってくれようとしていたのかもしれない。

では――では、もしも父と母が今もまだ生きていたとして、そのときは彼こそが、家族をまたひとつにしてくれた？

全部、たられば、だが。

すくなくとも、真白の両親からモデルにしたという話を聞かなかったら買わなかったはずだ。

「たまたま、の、規模が大きすぎますよ……っ」

感極まって涙ぐむ真白の前で、夕生は「ははっ」と声を出して笑う。そんな様子、初めて見るからどきっとしてしまって、肩が小さく揺れた。

（こんな顔して笑うんだ、夕生さんって）

もともと華やかで甘い顔立ちだが、その甘さがぎゅっとみずみずしくなる感じがする。

ずっと見ていたいけれど、見つめたままでいると心臓が弾けてしまいそうだ。

それから夕生は木枠のベッドに腰掛け、不敵に微笑んで、言った。

「驚きついでにもうひとつ、驚かせてやろう」

「なんですか？」

「初めてここを見学した日より、さらに前のことだ。俺が、おまえと初めて会ったのは」

それこそ青天の霹靂《へきれき》だった。

会っている？　結婚前に、夕生と？　そんな記憶は真白にはない。

どういうことなのか、聞き出そうとする真白に夕生はそれ以上語らなかった。

尋ねても尋ねてもはぐらかされ、しまいにはそればかり気にしながら室内のチェックをする羽目になった。

隣の部屋も、その隣の部屋も、見覚えのある内装だった。中には真白が迷子になりながら発見した洋室そっくりの部屋もあり、どこにいるのか、一瞬混乱してしまったほどだ。

「全項目、チェックを入れたか？」

「……入れました……ヘトヘトです……」

「では送信ボタンを押せ。よし。ではタクシーを呼ぶ。食事でもしに行こう」

結局、実家で遺品の整理をするどころか五部屋見学しただけで日が暮れてしまい、一旦、駅まで戻ることになった。疲れたが、しんみりする暇がなかったのはありがたかった。

今夜は駅前のビジネスホテルに宿泊だ。

伯父伯母に管理をお願いしているラブホテルと違い、実家は電気もガスも止めてしまっているから、泊まることはできない。そう話したら、夕生が部屋を取ってくれたのだ。小さなイタリアンで食事をし、そこからは徒歩でビジネスホテルに向かう。

「真白はソファに座って待っていろ。チェックインしてくる」

ロビーでそう言って、夕生が側を離れたときだ。

「えっ、真白ちゃん!?」

呼ぶ声が聞こえて、下ろしかけていた腰を上げる。

見れば、ホテルスタッフの制服を着た女性が駆け寄ってくるところだった。

セミロングの髪をひとつにくくり、襟《えり》もとにはスカーフ。足もとはパンプスで、タイトスカートがよく似合う細身の体形――。

「渡守《ともり》真白ちゃんだよねっ？」

「そ……そうです。けど、あの、」

「私！　ほら、六年二組で一緒だった沢本愛《さわもとあい》。覚えてない？」

言われてようやく、うっすらと面影が重なった。

「あ……愛ちゃん……？」

「そうっ。きゃーっ、真白ちゃん、ほんと久しぶりっ。すぐにわかったよ！　さらさらの黒髪に、お人形さんみたいな可愛い顔。小学生の頃から変わってないっ」

興奮した様子で抱きつかれる。

しかし真白は青ざめ、喜ぶどころか懐かしさを噛みしめる余裕もなかった。

沢本愛。忘れもしない。面識はあれど、六年生の一年間、会話をした記憶はない。

他の女子同様、厄介《やっかい》ごとに関わるまいといった感じで、距離を置かれていたのだ。いや、それどころか、陰でこそこそ言われていたのを真白は知っている。

ビッチだとか、淫乱だとか、根も葉もないことを。

「私、ここで働いてるんだぁ。大学も就職も地元。冴えないでしょー」

「う、ううん」

「ね、カウンターにいるのって彼氏？　すっごい素敵！　芸能人みたい。でも実家近いのに、ここ泊まるの？　もしかして訳アリ？　不倫旅行だったり……？」

探るように問われて、真白は「違う！」と思わず声を荒らげた。

「実家が、使えないから。それで……っ」

「使えない？　あ、そういえばご両親、亡くなったんだっけ。やだ、ごめんっ、勘繰《かんぐ》っちゃって。でも、仕方ないよね。真白ちゃん、昔、色々あったもん。男遊び激しかったり、友達の彼氏取ったりとかしてたんでしょ？　ねねっ、ほんとに不倫じゃないの？　私、そういうの気にしないよっ」

「……」

気にしないのなら、どうしてしつこく聞き出そうとするのだろう。

理解できない。

「そうだっ、みんなにも連絡しちゃうね！　真白ちゃん、同窓会にも全然出てこないから会いたがってる子、いっぱいいるんだぁ。ＳＮＳのＩＤ交換しよっ」

勤務中だろうに、そう言ってポケットからスマートフォンを取り出す愛はまるで、久々に会った大親友といった体《てい》だ。応《こた》える気には到底なれず、真白はただ立ち尽くしていた。

「どうした？」

そこに夕生が戻ってくる。

愛は「こんばんはっ」と嬉しそうに振り返り、すぐにキャーッと声を上げた。

「ブランドもののスーツに、高級腕時計っ。もしかして真白ちゃんの彼氏、お金持ち？　セレブだったりとかするんじゃない!?　ここ、たまに来るんだよ、芸能人。こないだ私、女優さんの不倫旅行を目撃しちゃって。週刊誌の人にも色々聞かれてねっ」

武勇伝のように語る愛を、真白はとてつもなく嫌な気分で見つめる。そして、きっとこんなふうだったのだろうと思った。学生時代、根も葉もない噂話を広めて回っていたときも。

知りたかっただけ。知っていることを、話しただけ。悪意なんてなかった。

そして当時、真白がどれほど傷ついていたかなんて、理解していないし興味もない。

耐えきれず「ごめん」と言って夕生の腕を引っ張った。

「急ぐから。じゃあね、愛ちゃん」

愛に背を向ける。あっ、待ってよ、などと呼び止める声がしたが、振り向かずにエレベーターに乗った。これ以上、同じ空気を吸っているのも苦しかった。

「知り合いか。何か言われたのか。大丈夫か？」

行き先ボタンを押しながら気遣わしげに言われたから、すぐに笑顔を作った。

「大丈夫です。気にしません」

そう言いながらも、胸はじりじりと黒いものを吸い上げていく。

今ならば向き合えると思ったものに、容易く呑《の》み込まれてしまう自分が情けなくて悔しい。夕生は、宣言通り側にいてくれているのに。こうして支えてくれているのに、強気でいられないことがなにより申し訳なかった。


翌日は早朝からラブホテルに戻り、残りの部屋を見学した。

手順はもう掴めていたので、前日ほど時間は掛からなかった。

「挨拶《あいさつ》が先だな。位牌はどこだ？」

実家に足を踏み入れたのは、昼食を済ませてからだ。

夕生に促され、まず仏壇に手を合わせる。葬儀のあと、親戚がそうしてくれたのか、小さな仏壇には父方の祖父母の位牌とともに、真白の両親ふたりの位牌も並べられていた。

「じゃあ、わたし、遺品として持ち帰るものを探しますねっ」

心がけて明るく言って、室内の片付けを始める。

考え始めると前にも後ろにも進めなくなってしまいそうだったから、極力、目の前にあるものに集中して、体を動かした。貴重品、不用品、まだ使えそうなもの……。

一日ではとても片付かないことはわかっていたので、ひとまずは簡単に仕分けをする。

靴箱に残された靴、食器棚に並ぶ茶碗、本棚の本、古新聞にタオル類。

すべてに滲《にじ》むほど生活感があるのに、なんとなくまだ、他人事のようだった。あまりに長く遠ざかっていたため、懐かしいと思える要素を見つけられないのだ。

「真白」

呼ばれて振り返ると、夕生は仏壇の脇に積まれたノートに手を伸ばすところだった。

なんの変哲もない、大学ノート。表紙には太字のマーカーで日付が書かれている。

両親が事故に遭《あ》った翌日まで……もしかして、事務室から引き上げた営業日誌だろうか。

夕生の手で表紙が捲《めく》られると、中には「結婚しましたっ」という丸字の走り書きと、小さなハートマークの羅列があった。「新居に引っ越しても、またいつか来ます」との添え書きも。

営業日誌ではない。これは。

「もしかして、客室にあったもの……？」

「そうみたいだな」

どうやらノートは各部屋に一冊ずつ置かれていたらしい。

興味深そうに、夕生はページを捲る。愛しているとか、不倫だとか、初めてだとかこれっきりだとか——いい加減な書き込みもあれば、真剣に葛藤しているような文章もあって、いつの間にか真白は自らもノートを手に取り、読み耽《ふけ》っていた。

情熱的に、あるいは冷めた様子で綴《つづ》られた文字の狭間から、生々しい息遣いが聞こえてきそうで、不思議な気分になる。

（あれ……）

そうしてページを捲っていくうち、真白は気づいた。

ところどころ、同じ文字でコメントがあることに。また来てくださいね、ありがとうございます、おめでとうございます、いつも感謝しています……覚えのある筆跡。

ややあって、わかった。

「……お母さんと、お父さんの字……」

「うん？　ああ、この、下に書かれたコメントの部分か」

「はい」

彼らは律儀にも、ノートの書き込みに返信をしていたのだろう。

せっせと書き込まれた文字が急激に懐かしさを呼び起こし、真白は積まれたノートを次々と開いた。父と母の字はどれも丁寧だ。努めて穏やかに綴ろうという意思が感じられる。

訪れては去り、交錯する人生を慈しむように、父と母はそこに生きていた。

「……二階、見てきても、いいですか」

そう言って、やっと立ち上がったのは一時間後だ。

どう考えたらいいのか、わからなかった。まるで高尚な絵画を目の当たりにしたときのようだ。圧倒されて、言葉が出てこない。胸がいっぱいで、消化しきれない。

夕生が「ああ」と頷くのを待って、ひとり、階段を上る。

二階には父と母の寝室と、真白の部屋がある。

いや、あった、のだろう。そう、小学校六年生までは。

もう、とうの昔に真白の部屋はなくなっているはずだ。祖母の家に下宿し始めてから、一度も戻っていないのだ。物置きか、父か母の部屋になっているにちがいない。

そう思ったから、葬儀のために帰省したときもこの階段は上らなかった。

「……」

階段を上りきった先で、真白は開け放たれた部屋を見た。

木製の学習机に小学校の教科書。使い古したランドセルと、鍵盤ハーモニカのケース。ベッド。背の低いハンガーラック。おもちゃ箱。床に敷かれた丸いラグまで、昔のままだった。

真白がこの部屋を出て行った、その瞬間を切り抜いて貼り付けたみたいに。

(なんで……)

愕然《がくぜん》としてしまう。

後悔だとか悲しいとか、喪失感とか懐かしさとか、次々に胸に込み上げてくるのに、すり抜けていく。長年、腕を広げて待っていた人の胸に飛び込んだような。今、何を悔やもうがそのすべてをちっぽけだと思わせるほど、大きな慈しみがそこにあった。

(……お父さん、お母さん……)

立ち尽くしていると、夕生が階下からやってくる。

そしてすぐに状況を察したのだろう。何も言わず、真白を抱き締めてくれた。

たくましい腕の中でようやく涙が滲み、真白は静かに泣いた。ただひたすら愛されていたのだと、痛感する。満たされたような空《から》っぽになったような、そんな心境だった。

やがて落ち着きを取り戻し、部屋の中に足を進めたときだ。

窓の外に、数人の人影を見つけたのは。

「真白ちゃーんっ」

愛だった。


「タクシーがラブホの前で人を降ろしたって、近所の子に聞いたの。やっぱり真白ちゃんだった！　よかったぁ。昨日、なーんにも聞けなかったから、もう一度会えてっ」

ぺらぺら喋《しゃべ》る沢本愛の後ろで、同行した男ふたりが珍しそうに玄関を覗き込んでくる。

どちらも小学校時代の同級生らしいが、名前にも顔にも覚えはなかった。

なんと言って帰ってもらったらいいのか。困惑《こんわく》していると、遅れて夕生が出てきた。

「……昨夜の」

愛を見て、眉を顰《ひそ》める。ビジネスホテル内で見かけたのを、思い出したのだろう。

そこで夕生に向かって「あーっ」と男のひとりが叫ぶ。

「俺、雑誌で見たことあるっ。ホテルツジクラの御曹司！」

「えっ、ウソっ」とは、愛の台詞《せりふ》だ。

「やっぱりセレブなんじゃないっ。ねえ真白ちゃん、勿体《もったい》振らずに聞かせてよぉ。どこで出会ったの？　どんな手を使ってオトしたのっ？　そのテク、知りたーいっ」

そりゃアッチが凄いんだろ、とは男の台詞だ。

「渡守、それ以外で目立つところ、なかったもんな」

「私も、真白ちゃんに習っておくんだったなぁ。いいなあ、玉の輿。実家にまで一緒に来てるってことは、結婚するんでしょ？」

暴《あば》きたくてたまらないと言ったふうに、覗き込んでくる目が怖い。

さながら毒針だ。昨日の嫌な気分まで蘇《よみがえ》って、指先が震える。負けたくないのに、どう打ち勝ったらいいのか見当もつかない。

「おまえたち、いい加減に――」

聞くにたえないと思ったのか、夕生が割って入る。

駄目だ、と瞬間的に思った。言い返させたら駄目だ。怒鳴られたとか、喧嘩《けんか》を売られたとか、脚色込みで悪い評判を言いふらされる可能性はゼロじゃない。そしてその噂が真実でなかろうと、ひっくり返すことは困難だ。

大勢が信じたら、真実より嘘のほうが力を持つことを真白は知っている。

「やめて……っ」

前に出ようとした夕生の腕を引っ張り、止める。そして裸足のまま玄関タイルに下りると、愛たちを思いっきり睨《にら》んだ。

「何をどう誤解しているのかわからないけど、この人はわたしとは無関係よ。赤の他人よ」

自分なら、悪《あ》し様《ざま》に言われてもいい。

でも、夕生だけは。

こんなに優しい彼のことだけは、誰にも悪く言わせたくない。

「遺品整理のためについてきてもらった業者さんで、その有名人とは他人の空似ってだけ。見てわからない？　今、忙しいの。お喋りしか用がないなら、帰ってくれる？」

本気で怒りをあらわにした真白に、愛たちは驚いたらしい。ぎょっとして、たじろいだ。

「で、でも、真白ちゃん、昨日、その人と同じ部屋に……」

「体の関係があったからって何？　あなたたちが知っているわたしなら、別に普通のことでしょ」

グチャグチャになった気持ちごと放り出すように、愛たちを玄関から押し出す。

「二度と来ないで。次は警察を呼ぶから」

その言葉が効いたのか、扉を閉めても反論の声は聞こえてこなかった。施錠をし、いからせていた肩をようやく下ろす。振り返って、そして真白はぎくりとした。

ショックを受けた顔で、夕生が立ち尽くしていたからだ。

（あ）

違う、今のは。赤の他人だなんて嘘だ。ましてや、体の関係だけだとも思っていない。説明しなければと思ったときには、背を向けられていた。

それっきり。

迎えの車がやってきても、屋敷への道中も、夕食の席でも、夕生は真白と目を合わせなかった。

9　辻倉夕生の後悔

——何をやっているんだ。

真白《ましろ》の故郷から戻ったその晩、夕生《ゆうせい》はとてもではないが眠る気になれなかった。

腹が立って仕方なかったのだ。己の不甲斐《ふがい》なさに。

とてもではないがベッドに入る気になれず、バスローブ姿で書斎に籠《こも》る。

『何をどう誤解しているのかわからないけど、この人はわたしとは無関係よ。赤の他人よ』

真白があぁ言ったのは、夕生を庇《かば》うためだ。

あの噂好きの連中に、夕生が食い物にされないように。ひいては、辻倉《つじくら》の名に傷がつかないように。わかっている。

だからこそ悔しかった。

そんなことくらい、痛くも痒《かゆ》くもない人間だと思ってもらえなかったことが。

前日だってそうだ。明らかに様子がおかしかったのに、打ち明けてもらえなかった。彼女にとって信頼するに足らぬ自分が、悔しくて苛々《いらいら》する。

（ようやく、壁がなくなったと思ったのに）

真白が過去の話を打ち明けてくれたとき。

何が彼女を萎縮させ、本音を封じ込めさせていたのかを理解した、あのとき。

何度体を重ねても、結婚指輪を嵌《は》めても越えられなかった壁を、やっと越えられた気がしたのだ
――気の所為《せい》でしかなかったわけだが。

ワークチェアに腰掛けると、ノックの音が聞こえる。

「夕生さま。よろしいでしょうか」

新川《しんかわ》だ。

長くため息をつき、己への怒りを一旦鎮める。

なんだ、と答えると扉が開き、燕尾服《えんびふく》の新川が姿を見せた。

「どうした。俺が留守の間に、何かあったか？」

「いえ、そういうわけでは」

「明日のレセプションの衣装のことか。それならおまえに任せると、先日も」

「いいえ。お衣装でしたらすでに決定しております」

「だったら――」

なんなんだ、とは言えなかった。顔を上げた途端、新川がいつになく真剣な眼差しで夕生をじっと見据《みす》えているのがわかったからだ。このうえ、理由を問うほど夕生は鈍感でもない。

言いたいことの察しはつく。

「……真白のことか」

問えば、執事にあるまじきあからさまなため息をつかれる。

「心あたりがおありのようですね。木曜の夜はいい雰囲気でしたのに、何があったのです」

「そういちいち首を突っ込むな。おまえは何かと世話を焼きすぎる」

「お言葉ですが夕生さま、あなたが自力で恋愛事を解決できるような手練《てだ》れであれば、私とてこれほどヤキモキさせられずに済むのですよ」

痛いところを突かれて、思わず舌打ちしそうになった。

「夕生さまは表面上、普段と変わらず振る舞っているおつもりなのでしょう。が、私からすれば一目瞭然《いちもくりょうぜん》です。真白さまは笑顔が硬く、あなたはそんな真白さまを直視なさらない。メイドたちは騙《だま》せても、私の目は誤魔化《ごまか》せませんせん」

「……煩《うるさ》い」

「煩くて結構。おおいに煩がってくださいませ。私を黙らせるためでもいいのです。どうか、いい加減に素直になってくださいませ」

どうやら新川は、ふたりの仲が拗《こじ》れた原因を夕生にあると思っているらしい。

夕生がなかなか素直に己の想いを真白にぶつけようとしないから——問題はそんなに単純ではないんだよ、と夕生は腹の中で言い返す。

「どう思われたってかまわない。だが今は、放っておいてくれ」

真白に、笑いかけてやりたいのはやまやまだ。気にするな、わかっていると言って、傷ついている真白に今こそ寄り添いたいと思っている。

しかしそんなことをしたら、真白はますます夕生に申し訳なさを感じるだろう。最悪、嫌な思いをさせてごめんなさいと頭を下げるはずだ――夕生が不甲斐ない所為で。

「このままの俺では、いくら寄り添っても真白のためにはならない。彼女を苦しくさせるだけだ。こんな状況で、どの面《つら》を下げて愛しているなどと言える？」

「……夕生さま」

「ああ、何も言うな。わかっている。明日の晩はレセプションだ。それまでにはなんとかする」

と言っても、夕生に策はなかった。

「ひとりにしてくれ。冷静になりたい」

ポツリと言えば、ようやく新川は事の重大さを察したらしい。

「差し出がましい真似をいたしました。大変失礼いたしました」

深々と頭を下げ、書斎から出て行った。

重々しく扉が閉まるのを見届けて、夕生はワークチェアに深く身を沈め、格子窓を振り返る。古めかしいガラスの向こうには、欠けた月がまるで水面で揺らいでいるかのように歪《ゆが》んでいる。

月の満ち欠けさえ、焦《じ》れったく眺めた頃があった。恋焦《こ》がれるばかりだった若い自分を、ひたすらに愚かだったと今は思う。

あの頃はまだ――いや、籍を入れる瞬間ですら、結婚さえすれば、あとはどうにでもなると根拠なく信じていた。

二十五年前――。

『夕生、先週抱っこした女の子いたでしょ。あの子がね、あなたの将来のお嫁さんなのよ』

『ご両親と、ホテル経営について意気投合してな。いや、あんなに気の合うご夫妻に会ったのは初めてだ。目鼻立ちのはっきりした赤ん坊だった。きっとあの子は美しく成長するぞ』

最初にそう言われたときは、ピンと来なかった。

なんといっても夕生はまだ七歳、小学一年生の子供だったのだ。

しかも相手は生まれたての赤ん坊ときた。皺《しわ》くちゃで首も据《す》わっておらず、女の子どころか同じ人間とも思えないくらい軽くてフニャフニャだった。

嫁――理解できるはずもない。

『……わかりました』

しかし夕生は大人しく受け入れた。

両親ともに遡《さかのぼ》れば華族という名家の育ちで、感覚がともに浮世離れしている。こんな無茶振りは日常茶飯事だったし、応じるのも慣れていた。

ましてや、ふたりは出産直後に待望の娘を亡くすという不幸に見舞われたばかり。現実から目を逸《そ》らすためにも、ふわふわした、おとぎ話めいたものが必要なのだと子供ながらに理解していた。

五年、十年、十五年――。

跡取りとして、夕生は優秀すぎるほど優秀な男に成長した。

テストの類《たぐ》いは常に満点。走っても泳いでも一等で、資格試験も主席合格。

勤勉、努力家、完璧主義。夕生に関わった人間はたいがい、夕生をそう称する。やるならとことんやる。それこそ、ゼロか百かどころではない。

ゼロか千、あるいは万。

そこへ来て慢心もしないから、たびたびサイボーグ扱《あつか》いされるほどだった。

『ユウ、どうしてそんなに頑張るんだ？　きみなら、黙っていてもいずれすべてが手に入る。ほどほどにこなしていたって、周囲が助けてくれるはずだ』

クラスメイトから不思議そうに問われたのは、高校時代だ。留学先であるイギリスの高校は名門だったが、夕生ほどのガリ勉はほかにいなかった。

『こういうものだと思っている』

友人はますます不可解そうな顔をしたが、理解してもらわなくてもかまわなかった。

――こういうもの。

諦《あきら》めでも妥協でもなく、夕生はそう納得していた。

いわゆるノブレス・オブリージュのようなものだ。

なにせ辻倉家は日本で一、二を争う富豪の系譜。夕生は生まれる前からすでに、物質的にも立場的にも人より多くのものを与えられる運命だった。

権利に義務が付随することは、両親の背中を見ていれば理解できた。すなわち、与えられた力を正しく使う義務だ。ゆえに夕生には、与えられた権利を正しく使えるだけの知識と忍耐力を、誰より多く身につける必要があった。

面倒だとか、不自由だとか、もっと普通の暮らしがしたい、などとは思わなかった。

こなそうと思えばこなせる。恵まれた環境を享受《きょうじゅ》している以上、粛々《しゅくしゅく》とやるだけ。他人が背負わなくてよかった、と感じることもあったほど。

『変わってるなぁ。だけどユウはそれ以上賢くなる前に、他人とコミュニケーションをとったほうがいい。正直、きみは……独りよがりだ』

友人にはそう言われたが、夕生は聞く耳を持たなかった。

独りよがり？　どこがだ。夕生の努力は、いずれ背負う大勢の社員のためにある。

私利私欲の為に動いたことはない。持てる者としての義務を、しっかりと果たしている。

そう考えていた。

社会に出るまでは。

『夕生、真白さんに逢いに行ったらどう？』

初めて母からせっつかれたのは、ツジクラグループに入社して二年後のことだった。

無駄だ、と最初は思った。どうせ結婚するのだ。事前に会おうが会うまいが、結果は変わらない。であれば生産性もゼロだ。そんな時間があるなら、仕事をしていたい。

が、母は続けて困り顔で言う。

『あなたが留学してる間、会ってほしいって何度も催促されていたのよ。勉学の邪魔になったらいけないと思って、ずーっと断り続けてきたんだけど……最近、久々に連絡したら、なんだか遠慮がちにされちゃって。断りすぎちゃったみたいなのよね』

『初耳だ。何故、俺が帰国したあと、すぐに言わなかった？』

『夕生、インターンからして、ものすごく頑張ってたでしょ。入社後も仕事を覚えようと忙しくしてたから……だから、少し落ち着くまでは、って。一応は気を遣ったのよぅ』

責任をなすりつけるように言われても、納得できる話ではなかった。

許嫁《いいなずけ》がいるのは知っていたが、催促されていたとは知らない。向こうも会う必要はないと考えているのだと、夕生はずっと思っていた。

『でもあなた、ちっとも暇にならないじゃない。ずーっと根を詰めすぎてるまんま。部長さんに聞いたけど、残業時間が八十時間を超えてるんですって？』

『一日に換算すると四時間弱だ。大した残業時間じゃない』

『もー。あなたにとってはそうかもしれないわよ？　でもね、みんながみんな、夕生と同じだけ体力があるわけじゃないの。同期の人たちの中には、戸惑《とまど》っている人もいるのよ。いずれトップになる人がこれじゃ、自分たちには、ついていけないんじゃないかって……』

こちらの話も初耳だ。と言いたいところだが、うすうす勘付いてはいた。

体憩時間まで仕事に捧げる夕生を前に、同期の社員のみならず上司までもが気まずそうにしていることを。

(どうして、そういうものだ、と思ってくれない？)

夕生はただ、放っておいてくれればそれでよかった。

気を遣って、一緒に残業などしてほしいわけではない。背負うものが違うぶん、一般社員たちと同じ仕事量でいいと思うわけにもいかない。

そんなこと、口に出さなくてもわかるだろうに――。

『とにかく、一度顔を見せてきてくれないか。真白さんは今、お祖母さまのお宅にいらっしゃるそうだよ』

父からも頼むよとばかりに視線を投げられて、応じるしかなかった。

（本人がいなくてもいい。とりあえず、挨拶《あいさつ》に行ったという実績が作れれば父も母も納得するだろう。アポなし、半日の予定で充分だ）

仕事を中抜けし、スーツ姿でハンドルを握った。オフィスに戻るまでの行程、さらに帰社後の仕事に至るまで、脳内シミュレーション済みだった。

アクセルを踏み込みながら、思う。

渡守《ともり》真白――きっとあからさまに色っぽい人種なのだろう、と。

なんといっても、ラブホテル経営者の娘なのだ。つまり当時の夕生にはラブホテルというものに対しての偏見がそれなりにあったわけだ。

加えて、思春期に留学先でわかりやすいセックスアピールに晒《さら》され続けてきた夕生には、派手さ以外に艶事と結びつく記号を知らなかった。

派手派手しい女に、いい思い出はない。

あまりにもしつこく誘われるので『勃たない』と一蹴《いっしゅう》したところ『ガリ勉のくせに。あんたなんか金持ちじゃなかったら、誰も誘惑しようとは思わないわ』と吐き捨てられた。

単なる負け惜しみだ。

と、思いながらも忘れられないあたり、そこそこのダメージは負わされたのである。

『……やけにのどかだな。本当に都内か？』

カーナビに導かれやがて辿《たど》り着いたのは、田畑の広がる郊外だった。

国道から逸れれば道幅は途端に狭く、脱輪を心配せねばならないほどで、仕方なくノロノロと車を走らせる。

とんでもないタイムロスだ。頭の中で帰社までの時間を計算し直しつつ目的地を目指していると、突然、後部座席の窓を叩かれた。

『あのっ、もしかして道に迷っていらっしゃいますか⁉』

振り返ると、セーラー服姿の女子学生が心配そうにこちらを覗き込んでいる。中学生……いや、顔つきからして高校生くらいだろう。運転席の、窓を開ける。

『国道でしたら、この先のT字路を左です。ご案内しましょうか？』

『いや、俺は』

『このあたり、カーナビで正しく表示されないらしいんですよね。たまに、こういう大きな車で迷い込まれる方がいるんです。なので、お見かけしたときは声を掛けるようにしてまして』

見れば女子高生の胸もとには、不用心にもプラスチック製の名札がついている。

二年B組 渡守真白。彼女だ。

通学鞄を手に提げているところからして、帰宅中なのだろう。

『脱輪しないように、誘導しますねっ』

明るく言う真白を、夕生は信じられない気分で見上げる。

驚くべきことに、彼女は神々しいほど清楚な雰囲気を醸《かも》していた。

腰まである長い黒髪に、切り揃えられた前髪。白すぎて陶器のような肌に、楚々《そそ》とした顔立ち。

そして気遣いある言動。どこが、あからさまに色っぽい人種なのだろう。

真逆だ。こんなに透き通った雰囲気の女には、出逢ったことがない。

『そのまま真っ直ぐ、そう、そうです。ゆっくり……』

言われるがまま、夕生は車を進めた。

きみに会いに来たのだ、とは、何故だか言えなかった。

とても清らかなものにあてられたような気分で、ぼうっとしたままT字路へやってくる。

そのときだ。真白の革靴が泥だらけになっていることに気づいたのは。

『おい、それ』

夕生の車を誘導する際、田んぼに突っ込むなりして汚したのだろう。

すぐさま夕生は車を降りてハンカチで拭《ふ》いてやろうとしたが、運転席のドアを外側から押され、止められた。

『ありがとうございます』

『は……？』

何が、ありがとう、なのか。夕生にはさっぱりわからなかった。

礼を言われるようなことは何もしていない。むしろ、あなたの所為で汚れましたと非難されてもおかしくない。

しかし真白はすこし恥ずかしそうな笑みを浮かべ、言う。

『綺麗《きれい》なハンカチ、お気持ちだけありがたく受け取らせていただきます。靴は洗えばいいだけでから、気にしないでください。よく汚すんですよ。周り、田んぼばかりなので』

バックミラーを見れば、白い軽トラックがのろのろと近づいてくるのが見えた。

夕生は向かう先も決めきれぬまま、右にウィンカーを出し、それから焦《あせ》って助手席に置いてあった手土産のカステラを紙袋ごと窓から真白に押し付ける。

『えっ⁉』

『こちらこそ、ありがとう。助かった』

思えば誰かにお礼を言ったのは、久々だった。

真白につられて口に出してみて初めて、そう気づいた。

しかしどうしてもっと、気の利いたことが言えないのか。いや、当たり前か。

独りよがりだと学生時代から指摘されていながら、改善しようとしなかった。今も職場で円滑なコミュニケーションを取れずにいる夕生が、咄嗟《とっさ》に他人に配慮することなどできるはずもない。

『気をつけてくださいね！』

アクセルを踏み込むと、眩《まぶ》しいくらいの笑顔で見送られた。

（彼女が、俺の許嫁……）

仕事に戻ってからも、しばし真白を思い出してぼうっとした。まるで、ぬかるみに足を取られているかのように、その日はすべてがままならなかった。危うく連絡ミスをしそうになり、自分の腑《ふ》抜《ぬ》け具合に心底驚いたりもした。

とはいえ最初は、恋になるとは思ってもみなかった。

なにせ相手はまだ学生で、ほんの数分、言葉を交わしただけなのだ。

しかし、それから――。

夕生は、お礼の言葉を口に出すようになった。

再び彼女と顔を合わせたとき、少しは気の利いたことが言える自分になるために。これまで変えようとしてこなかった独りよがりの振る舞いも、極力、控えるようにした。

すると、これまで気にも留《と》めなかった周囲の人々の気遣いが見えてきた。

夕生が彼らをいずれ背負って立つために日々研鑽《けんさん》を積んでいるように、彼らもまた、ホテルツジクラを愛し、誇りを持って仕事に臨《のぞ》んでいることを知った。

口に出さなくてもわかる？　いや、対話を重ねなければわからないことだらけだ。

気づけば、皆と足並みが揃うようになっていた。

組織の改革に取り組み、新川をはじめとする退職者の再雇用などを始めたのは、この頃だ。

『辻倉さんが好きです。お付き合い、していただけませんか』

近寄り難《がた》い雰囲気が和らいだのか、当時、女子社員や女性客から告白された回数は一度や二度ではない。

そのたび夕生はきっぱり断った。婚約者がいるのだと、正直に説明した。そこから噂が広まったのか、徐々に近寄ってくる女性はいなくなったが。

(あれから、半年だ。彼女は、どうしているだろう)

どんなときでも夕生の頭には、真白の存在があった。

結婚は彼女が二十五になってから、と聞いているが、当日に迎えに行くべきだろうか。式や披露宴について、彼女の両親はどう考えている？　まだ十代の彼女には、将来こんなことがしたい、という展望もあるだろう。サポートしてやるのはおこがましいだろうか。

気づけば、結婚に前のめりになっている自分がいた。

居ても立ってもいられなくなり、間もなくして夕生は、改めて真白の両親を訪ねることにした。

『夕生くん、わざわざこんなところまで訪ねてきてくれてありがとう。だが、本格的に結婚の話を進めることはできない。実は以前、娘の信頼を完全に失ってしまってね。許嫁について、話すことすら拒否されているんだ』

真白の父は、そう言った。

聞けば真白は小学生の頃、わけあって夕生に逢いたがったが叶わず、完全に機嫌を損ねてしまったという。夕生が母から聞いた、夕生の留学中の話にちがいない。

『申し訳ありません。俺……いえ、僕の責任ですね』

『いいえ――いいえ。悪いのは私たち夫婦よ。そもそも許嫁だなんて、真白の意思を無視して勝手に決めるべきじゃなかった。それで、夕生くんのご両親にも許嫁のこと、やはり白紙にできないかってお願いしたのだけれど……濁《にご》されてしまって』

『……ああ、それで「遠慮がち」か』

『え？』

『いえ、こちらの話です』

ともあれ、結果的に、夕生は真白に許嫁だと名乗らなくて正解だったわけだ。

すこし考えて、夕生は深々と頭を下げた。

『事情はわかりました。ですが許嫁の件、白紙に戻すのは、お考え直しいただけませんか。僕は、……厚かましいかもしれませんが、真白さんがいい』

やはり気の利かない、独りよがりな言い分になってしまった。仕事上の対話には慣れてきたが、プライベートで人と接するのは相変わらず不慣れだ。経験値の足りない己を、歯がゆく思う。

それでも真白の両親には響くものがあったのだろう。顔を見合わせて、言った。

『……そうだな。夕生くんも当事者だ。きみの意見は、無視できない』

『そうね。許嫁の話を白紙にしたところで、娘とのわだかまりをなかったことにできるわけじゃないわよね……。一度、きちんと家族で話し合ってみるわ。まだまだ時間は掛かるかもしれないけれど、徐々に解決してみるから。少なくとも、真白の二十五歳の誕生日までにはね。だから、待っていてもらえないかしら』

『わかりました』

家族が拗れた責任の一端が自分にもあればこそ、夕生は強く言えなかった。

その後、ラブホテルを見学させてもらい、帰途についた。

歯がゆさを噛み殺し、何週間、何か月、何年、彼女の両親からの連絡を待っただろう。

しかし、一向に芳しい報せは届かなかった。話そうとしたがはぐらかされて、というのがいつものパターンで、きつく問いただそうとして、エゴだ、やめよう、と毎回耐えた。

そうこうするうちに、一度、彼女の両親から動画が届いた。

大学の卒業式の動画だ。

真白はやはり『ありがとう』と、お礼を言っていた。

数年前と変わらぬ響きに、こぼれるように好きだと思った。

(やはり、彼女しかいない……)

以前よりすこし言葉も態度も控えめになった気がするが、穏やかな眼差しも透き通るような気配も変わらない。愛《いと》おしくて愛おしくて、叫び出したくなるほど——。

いつの間にか、真白のすべてが、夕生の胸を震わせるものになっていた。

ただ待つだけではもどかしく、結婚に向けて具体的な準備を始めたのは、三年前。

真白を迎えるにふさわしい屋敷を手に入れ、土地を買い、移築した。彼女の両親が愛したラブホテルのモデルである洋館。きっと驚く。

びっくりした真白の顔を思い浮かべるだけで、頬が緩んだ。真白専属のメイドも雇い入れ、教育して、迎える態勢は万全だった。

その最中、まさか、彼女の両親が揃って亡くなるとは思いもしなかった。ましてや、許嫁について、まだきちんと真白に話していなかったとは――。

ふう、と息を吐き、夕生はワークチェアを回転させる。

モニターに向かい、パソコンの電源を入れる。

真白を思えばこそ、まずは目の前の課題を立派に成し遂げねばならない。結婚したから腑《ふ》抜けになったなどと、絶対に、誰にも言わせてはならない。

それだけが今、夕生に叶えられる最善だった。

すると、コンコン、と遠慮がちなノック音が聞こえてくる。

「なんだ。そこで要件を言え」

ため息をつきながら応《こた》えたのは、扉の向こうにいるのが新川だと思ったからだ。ひとりにしてほしいと言ったのに、どうしてまた戻ってくるのか。しかし、直後に聞こえてきた「夕生さん……？」という呼びかけは明らかに弱々しく、新川の声ではなかった。

真白だ。どくりと心臓が鳴る。

「お忙しいときに、ごめんなさい。どうしてもお伝えしたいことがあって」

実家での出来事を詫《わ》びられるのではないか。だとしたら止めなければ。

急ぎ腰を持ち上げた夕生に、真白は言う。

「明日のレセプション、欠席させてください」

思ってもみない言葉だった。

「な――何故だ」と動揺のままに尋ねれば、はぐらかすように「ごめんなさい」と謝られる。

「どうしても、行けません。行けないんです。色々と気を遣っていただいて、たくさん学ばせていただいたのに……申し訳ありません。それと……その、いえ、それだけ、です」

そっけなく目を逸らしすぎたのだろうか。責められていると思い、萎縮してしまったのでは。

真白、と焦って呼んだが返答はなかった。すぐさま駆けていき、扉を開く。

しかし、廊下にはすでに真白の姿はなかった。立ち去る背中どころか、足音、気配すらもない。

まるで夕生を拒絶するかのように、真白は忽然《こつぜん》と消えてしまったのだった。

＊＊＊

「真白。どこだ、真白っ」

呼ぶ声がする。早足で、廊下を横切っていく人の気配も。

しかし真白は書斎からほど近い洋室に身を隠し、返事をしなかった。口もとを両手でぎゅっと押さえ、震えながら気配を殺す。

本当は、声を上げて泣いてしまいたかった。けれど、懸命に堪《こら》えた。

目頭から鼻の奥にかけて、火傷《やけど》しているみたいに痛い。

(夕生さん、夕生さん……夕生さん……っ)

あと戻りできないほど、今、彼を好きだ。

けれどもう、これ以上、望んだらいけない。屋敷に戻って半日、どう弁解したら誤解が解けるのか、考えて考えて、真白が出した結論は「離れること」だった。

たとえ仲直りできたとしても、またいつ、真白の過去が夕生の未来に影を落とすかわからない。

少なくとも、真白の両親がラブホテルを経営していたことは、結婚発表後すぐに周囲に知れ渡るはずで——。

拒否反応を起こす人だっているはずだ。かつての真白や同級生たちが、そうだったように。

夕生はあれだけ努力しているのに。部下想いの愛情深い人なのに、真白を娶《めと》ったというだけで悪く思われるのだとしたら、容認していいはずがない。

すると離婚届に判を捺《お》し、完全な他人になるのが一番いい気がした。

「……ふ……っ」

植物柄の壁を背に、真白はずるずるとうずくまる。

薄い涙の膜の向こうで、暗闇の中、かろうじて月光に照らされた室内の様子が揺れる。父と母が大切にしていた、ラブホテルの部屋に続いているかのような空間だ。

ずっとあの時間が続けばよかった。

夕生とふたり、ラブホテルの客室を散策している間は楽しかった。

長年の胸の支《つか》えも取れて、一年越しに両親を弔《とむら》えて。

夕生には感謝している。彼が一緒にいてくれなかったら、あんなに柔《やわ》らかい気持ちであの場所には立てなかったはずだ。

明日、レセプションのために夕生が屋敷を出たら、荷物を纏《まと》めて出ていこう。

離婚届は、あとから郵送すればいい。一旦、ウィークリーマンションでも借りて、住まいはそれからゆっくり探して……いや、いっそ、実家に戻るという手もある。実家のラブホテルにも実家そのものにも、もはやわだかまりは何もないのだから。

（夕生さんが怒っている今、離れるには好都合のはずよ）

頭ではわかっているのに、胸が化膿しているかのように痛かった。

両親との思い出は綺麗に過去にできたが、今回は自信がない。夕生と離れたことを、いつか思い出してよかったと言える気がしない。

向き合っても、向き合っても、終わらせることなど不可能だろう。だって、こんなふうに誰かの身も心もぜんぶ欲しいと思ったのは初めてだった。

大好きだった。

すこし捻《ひね》くれた口ぶりも、不機嫌そうに見せて照れている表情も、不器用に差し出された手も、無我夢中に全身を探る指も、何事にもベストを尽くし過ぎる性格も。

それでいて、本当はすごく周囲に気を遣っているところも。

好きで、好きで、心の内まで暴《あば》かれたいと願った。

人生でたった一度、最初で最後の恋だった。

しばらくそうして静かに涙を堪えていたが、昼間の疲れもあって、すこしずつ眠気に冐《おか》されていった。抱えた膝に顔を伏せ、ふわふわと夢にたゆたう。

――『……こそ、ありがとう……かった』

ぼんやりと、瞼《まぶた》の裏に煙るように現れたのは、端整な顔の青年だった。

昔観たドラマ？　架空の人？　ちがう。実際に、会ったことがある人。

いつだったか。……ああ、あれはまだ、祖母の家に下宿していた頃。

迷い込んだ車の運転席に、優雅に座っていた。なかなか見かけない高級車だったし、どんな人が乗っているのだろうと思ったら、あまりに綺麗な顔立ちの男性だったから驚いたのだった。

整いすぎて、まるで作り物のようだと思った。

そう。手作りの人形や彫刻というより、ＡＩが描いた絵のような。

よくできてはいるのだけれど、今一歩、無機質さが拭《ぬぐ》えない、といった感じの。

――『おい、それ』

だからか、差し出されようとしたハンカチも、なんとなく怖くて受け取れなかった。そのことを申し訳なかったな、と後悔したのは、ぶっきらぼうに手渡された紙袋の中身を見たとき。

四角い桐箱に、きっちり収まったカステラ。機械的なくらい取り澄ました佇《たたず》まいで、けれど触ればふかふかで、嬉しいくらいにとびきり甘くて……。

わけもなく、ちょっとだけ、切なくなった。

思えば――。

真白はその後、ますます本音で語らなくなったけれど、お礼だけは忘れなかった。

ありがとう、だけは欠かさず言おうと決めていた。というのは、彼からの意外な気遣いが嬉しかったからで、彼との思い出が根底にあったからかもしれない。

（なんだか、あの人……夕生さんっぽかった、の、かも……）

とろりとろりと夢の境界線を渡りながら、真白は思いを馳せる。

もし、彼が本当に夕生だったら、過去に戻って伝えたいことがある。

迎えに来たらいけない。結婚したって、余計な荷物を背負うことになるだけだ。両親同士が決めた約束なんて忘れて、ふさわしい人と幸せになってほしい。

夕生が幸せでいてくれたら、真白も嬉しい。

たとえ隣にいるのが自分でなくても、嬉しいと思う。思えるはずだ、きっと。


「……夕生さま！」

すると、慌《あわ》ただしく廊下を進んでくる足音と声がする。

この通る声は、新川にちがいない。

ハッとして、顔を上げて、真白は己が置かれている状況を思い出す。いけない、うっかり客間でうたた寝してしまっていた。

「真白さまはいらっしゃいましたか」

「いや。だが、遠くへは行っていないはずだ。部屋に財布もスマホもあったからな。メイドが言うには、服装も風呂上がりのままの軽装らしい」

応じる夕生の声に、ドキリとする。

荒い息遣いを通してわかるのは、直前まで駆け回っていた様子だった。気の所為か、他にもばたばたと大勢の人が行き来している気配がある。

「そっちはどうだ、新川」

「はい。今、メイドたちを階下に集めて状況を説明しています。数人ずつグループに分け、付近を捜索することになるでしょう。念の為、ドローンも手配しましょうか」

「そうだな。暗視カメラつきのものを、追って手配してくれ」

「かしこまりました」

切羽詰《せっぱつ》まったやり取りに、真白は縮み上がった。

(まさか、今の話、全部わたしを探すために……!?)

いや、それ以外にありえないだろう。

しかし真白にはまだ、姿を消した覚えはなかった。計画は明日だ。夜、夕生がレセプションに出掛けてから。だから今夜は、部屋に戻って普段どおりに過ごすつもりだった。

この部屋に逃げ込んだのはただ、夕生と顔を合わせたくなかっただけで。

「ああ、そうだ。付近の駅に監視も置いてくれ。万が一、すべての包囲網をすり抜けたときのために真白の友人、職場、それから親類にも連絡を取っておこう。連絡先は――」

「把握しております。メイド長に指示しましょう」

これは夢だ。夢の続きだ。

真白はそう思いたかったが、ふたりの声はリアルで、なおかつ真剣そのものだ。

「日が昇っても見つからないときは、俺に考えがある」

「考え、とは」

「真白の実家までヘリを飛ばす。なんとなく、真白はあそこへ向かう気がする。問題は、離着陸するための場所だ。新川、早急にめぼしい土地の買収をしてほしい」

みるみる大きくなっていく話に、もはや黙っていられなかった。

「や、ちょっ、ちょっと待ってください……！」

しかし、途端に「真白!?」と呼び掛けられてドキッとする。しまった。夕生と顔を合わせたくないのに、声を上げてどうする。顔を見てしまったら、別れようという決意が揺らいでしまう。苦し紛れに扉に背を向けたものの、効果はないに等しかった。

部屋に飛び込んできた夕生に、背中から抱き締められてしまったから。

「……よかっ……」

耳もとに落ちた声は掠《かす》れ、涙声にも聞こえた。

どう反応したらいいのかわからず、真白は固まる。

錯覚かもしれないが、パジャマに羽織ったローブ越しに、夕生の温かさが染みてくるよう。

廊下で、新川が安堵《あんど》の息を吐くのがわかった。深々と一礼し、扉を閉めて去っていく。

やがて階下に集《つど》うメイドたちの声が散らばって消え、屋敷内が静かになっても、夕生は動かなかった。

10　通じる想い

どれだけそうして抱き締められていただろう。

ややあって夕生《ゆうせい》は納得したらしい。

腕を解き、扉の脇まで戻っていくと、照明のスイッチを入れた。

一気に色がついた室内は、本物の歴史だけが持つ説得力を持っていて、もはや父と母のラブホテルに繋がっているようには見えない。

(どうしよう)

真白《ましろ》はまだ動揺していた。

会ってしまった。顔が直視できない。詫《わ》びていいものかもわからない。

夕生を怒らせたのは事実だが、謝って、それで？　それでも側《そば》にいられないと思ったのに、今さら許しを乞《こ》おうなんて間違えているのかもしれないという気がしてくる。

無言のまま何も言えずにいると、汲《く》み取ったように「詫びるなよ」と夕生は言う。

「悪かったのは、俺のほうだ。すまない」

何故、夕生が謝るのだろう。理解できない。夕生に非なんてあるわけがないのに。

そう言おうとすれば、引き寄せられ、ソファへと導かれる。

質のいい織地を張った、アンティークのソファだ。

真白が素直に腰を下ろせば、夕生は真白の両手を握り、足もとにしゃがみ込んだ。まるで、姫君にかしずく騎士のよう。澄んだ瞳で見上げられ、目が逸《そ》らせなくなる。

「……失うかと思った」

掠《かす》れた声は切なく、手の甲に唇を寄せる仕草が、胸をぎゅっと締め付ける。

強力な磁力でも発生しているかのように、心ごと惹《ひ》きつけられたきり動けない。

「懲《こ》りないな、俺は。独善的なまま、きみの気持ちを汲むこともできずに……」

「な……なんでそんなこと言うんですか。夕生さんは優しくて、気遣い上手で、愛情深い人です。悪いのは、わたしです……っ」

「もっと俺を責めろ。真白は人がよすぎる」

初めて会ったときからそうだ、と夕生は言う。

「泥だらけになりながら、俺にありがとうと言った。あの頃から、ずっと」

わけがわからず、真白は瞳を揺らす。泥だらけ……なんのことだろう。

しかしそれは夕生が真白の実家のラブホテルで言っていた、結婚前に真白に会った、というあの話にちがいなかった。

それから夕生は目を伏せて、祈るように語った。

真白の祖母宅を目指す途中、真白本人と出くわしたこと。道に迷った車だと思った真白に、大通りまで誘導してもらったこと。カステラを押し付けて去ったこともだ。

身に覚えがありすぎて、真白は途中から口をあんぐり開いたきり閉じられなかった。

「あれ、夕生さんだったんですか……!?」

「うん？　覚えているのか」

「はい。いえ、正直、ずっと忘れていました。でもさっき、なんとなく思い出して……信じられないです。今の今まで、気づけなかったなんて」

「何年も前の話だ。会ったと言っても数分の話だし、車が迷い込むのはよくあることだったんだろう？　いちいち顔を覚えていなくても当然だ」

それはそうかもしれないが。

まだ半信半疑の真白の前で、夕生はふっと笑う。自嘲《じちょう》するみたいに。

細められた目もとがあまりに柔《やわ》らかくて、なんだか泣きそうになった。

――やっぱり、好き。

夕生が好きだ。隣にいるのが自分でなくてもいいなんて、嘘だ。本当は側にいたい。彼を幸せにするのは、自分でありたい。なんて、身の程知らずな願いなのは承知しているが。

「真白には感謝している。あのときの出逢いが、今の俺を作ってくれた」

「わたし、何もしてないです」

ふるふるとかぶりを振れば、呆《あき》れたふうにため息をつかれる。

「したんだよ。それこそ、革命的な一打を」

夕生の親指がそっと、真白の手の甲を撫《な》でた。

「俺はあの頃、己が背負っているものは、己だけのものだと思っていた。ほかの誰のものでもない。自分ひとりで、残らず引き受けねばならぬ重みなのだと肩肘を張っていた」

不思議だ。

高校生の頃に見た、彼の面影がうっすらと今に重なって溶けていく。

「だが、そうではなかった。義務も権利も、単独では決して機能しない。他人との関わりの中でこそ、価値を発揮する歯車のようなものだ。感謝という、歩み寄りの第一歩をきみから教わって、俺はやっとそのことに気づけた」

そんなふうに考えられるのは、夕生が勤勉だからだ。

真白の功績じゃない。

真白はなおもかぶりを振ったが、夕生の姿勢は変わらなかった。

「真白」

握った両手にぐっと、力が込められる。

そして夕生は「撤回させてほしい」と、すこしばかり緊張した声で言う。

「何を、ですか……？」

「そういうものだと思っている、と言ったことだ」

真白との結婚に対して、だろう。

もしかして、結婚をなかったことにしたい、と？　いや、そんな雰囲気ではない。

「俺はきみがいい。きみだから、結婚したかったんだ」

まばたきもできず、真白は瞳を揺らす。

これは現実だろうか。

もしかしたらまだ、顔を伏せたまま見ている夢なのではないか。だって。

「どこへも行くな。勝手に消えるな。俺の、……俺の妻でいてくれ、真白」

ひと言ずつ、据《す》えるように告げられる言葉が、あまりにも尊かった。

どうして、そんなふうに求めてくれるのだろう。見た目が際立って美しいわけではない。特別な能力があるわけでも、政略的メリットがあるわけでもない。こんな自分を、どうして。

そう思う一方で、やはり真白は嬉しかった。

目の前の光景が、滲《にじ》んで溶ける。世界でたった一人、恋した人に求められることが、こんなに嬉しいなんて思わなかった——。

「い……いいんですか」

「そう言っているだろう」

「でも、わたし、夕生さんの足を引っ張るかもしれません。実家がラブホテルってだけで評判を落としてしまいそうなのに、あんな……悪い噂ばかりで。そのうえ、ずっと逃げ続けてきたから……噂を覆《くつがえ》すことも諦《あきら》めて、自分を隠して生きるしかなかった、弱い人間だから……っ」

ついにこぼれた涙が、頬を伝う。

その雫《しずく》が顎《あご》から滴《したた》るまえに、夕生の指が受け止めてくれる。

「だが、きみは立ち向かった」

気づけば温かな両手が、頬を優しく包んでいた。

「弱くなどない。きみに庇《かば》われて、俺は不甲斐《ふがい》なくて黙るしかなかったくらいだ」

「黙る……？　わたしのこと、怒っていたわけじゃないんですか」

「まさか」

そう言った唇が、斜め下から近づいてくる。口づけられると、それだけで体の芯が痺《しび》れるくらい、愛《いと》おしかった。

離れたくない。身勝手かもしれないが、そう願ってしまう。

「俺にはきみが必要だ」

いつになく素直に、愛おしそうに額を寄せて、夕生は言う。

「籍を入れる前に言えなかったぶん、今、言う。結婚しよう。俺と、家族になってほしい」

もはや強がることはできなかった。真白は顔をくしゃくしゃにして、夕生の胸に飛び込む。

側にいることで、不利益を与える可能性はどうしたって消せない。

それでも、愛したいと思った。

いつ、この夢のような時間が消えてしまうかわからないから。

できてしまった距離を埋めないまま、二度と逢えなくなったら——きっと彼だって後悔するから。

「……好き……っ」

夕生の首に両腕でぎゅっとしがみつくと、同じくらいの力で腰を抱き返される。

そして夕生はやっと、ほっとしたように、短く息を吐いた。

抱いて運ばれ、仰向《あおむ》けに下ろされたのはベッドだった。

「もう二度と、逃げ出す気になれないくらい、快《よ》くしてやる」

逃げたつもりは、真白にはない。

夕生と顔を合わせまいと別の部屋に隠れ、そのまま眠り込んでしまっただけ。

しかし今はまだ、黙っていようと思った。夕生に、すこしも手加減されたくなかったのだ。

「ん……っ、ぁ、……夕生さん……っ」

客用のベッドの上、ローブもパジャマも剥《は》ぎ取られて、シーツの上で全身を撫で回される。

執拗《しつよう》な両手とは別に、情熱的な唇が口づけを与えていくから、息つく暇もなかった。唇に始まり頬、首すじ、鎖骨を通って胸の膨らみ、それから脇腹に内もも——。

「つは……！」

息を呑《の》んだのは、右のつま先に口づけられた直後だ。

ひたりと蜜口《みつくち》にあてがわれる、張り詰めたもの。欲しがる体が、勝手にそわつく。

すこしずつ、埋め込まれると思った。しかし一気に奥まで貫かれ、声すら上げられない。

(うそ、いっぺんに、挿入っ……、こんなに、大きいのに)

まるで型を合わせたようだ。

あまりにもすんなりと受け入れてしまった己に、びっくりする。

夕生もまた、意外だったのだろう。目を丸くしたものの、すぐに得意になったらしい。ならばと言わんばかりに、大きなストロークで腰を振り始めた。

「え？　あ、あっ」

突然の激しさにも戸惑《とまど》ったが、それより、体勢が。

真白の右脚はまだ、夕生の手に捕まったまま。つまり真白は仰向けで腰を少々捻《ひね》り、右脚を上げる格好で繋がれ、そして揺さぶられていたのだ。

接続が深いぶん、屹立《きつりつ》の先端がいつも触れない場所に触れている。奥の壁は突かれるだけでなく、ひと突きごとに押し上げられ、撫でられる格好になるのだ。

「ぅぁ、アっ、ん、あ、深い……ぃ」

深部を打たれるたび、細かな星が瞼《まぶた》に散る。

肌の表面が、びりびりするほど、快《い》い。生易しい感ではないが、そこが良かった。夕生がここにいることを、強く感じられるから。

(こんなの、すぐにきちゃう)

限界は目の前だ。

シーツをかき乱してよがっていると、夕生はあろうことか、親指を真白の割れ目に添えてくる。腰を動かしながら、花弁《かべん》の中の粒を強引に撫で回す。

「あ、ヤっ！　いっぺんに、だめぇ、えっ」

声を引き攣《つ》らせながら訴えたときには、もう遅かった。

ひくっ、と内壁が快感にわななく。

間もなく、真白は最初の到達を迎えた。

「アぁ、っひァ、あああ……！」

ビクンと腰を跳ね上げれば、夕生は動きを止める。限界まで己を捩《ね》じ込んだ状態で、だ。内側の圧迫感が増した直後、一気に吐き出される感覚に真白は息を呑む。

(あ……奥、きてる……いっぱい……)

独特の恍惚《こうこつ》感とともに、ぼんやりと、なんだかちがう、と思う。

夕生にしては、ペースが速い。

これまで、真白を徹底的に快感に追いやるのが夕生のやり方だった。真白が感じる場所を探しては、同時に己の存在を真白の中に探しているかのようだった。

だが、今日は……。

「……真白」

上から覆い被さられたとき、真白の中はまだひくひくと痙攣《けいれん》していた。力を失いつつある屹立《きつりつ》を、なおも搾《しぼ》るようにだ。そうして下腹部から染み出す甘い愉悦に、全身が満たされていく。

「ん……」

まだ、もっと、その甘さを味わっていられそうだった。

しかし直後「きゃあっ！」飛び上がって逃げそうになる。いきなり胸の膨らみにかぶりつかれ、あまつさえ両胸の先をキュッとつままれたからだ。

過敏になりきった体には、鋭いほどの刺激だった。

「あ……あ」

「逃げるな」

「で、でも……っ」

こんなの、おかしくなってしまう。

かぶりを振って訴えたが、腰に腕を回され、改めて右胸の先を頬張られた。

「ンぁっ、ひぁ、あ、これ、気持ちよすぎる、からぁ、あっ、あ」

全身をばたつかせても、逃げられないことは承知していた。

キュウキュウと雄のものに絡みつく膣壁を止められないまま、両胸を揉《も》みしだかれる。ふたつの先端に交互にしゃぶりつかれ、呼吸を忘れるほど身悶《みもだ》える。

そうするうちに、真白は気づいた。

内側で、再び猛っていく太軸の勢いに。

「あ、ん、また、大きくなっ……、え、あっ！」

一度果てたとは思えないほど、見事に硬く張り詰める。

深奥《しんおう》をぐいと押し上げられたら、期待感で真白の息はたちまち浅くなった。

「っは、ん、んん……っ」

紅潮した唇は、強気のキスで斜めに塞がれる。

さらに両手もそれぞれ捕まえられ、顔の横で上からぎゅっと握られた。

そうして組み伏せられた状態で腰を振られると、真白はもはや身動きが取れない。夕生のものは深く、浅く、いたずらに深度を変えて真白の内を翻弄する。

加えて、時折、太ももをぴったり重ねられるのがあまりに快かった。花弁からはみ出さん勢いで膨れている粒が擦れ、潰れて、悦をますます鮮やかにしていく。

「っふ……ぅ、う」

喘《あえ》ぎたいのに、キスに阻《はば》まれて、喘げない。

声が発せられないぶん、互いの吐息と接続部の水音がやけに近く聞こえた。夕生の荒い息に混じると、グチュグチュという粘質な音が何倍もいやらしく感じられる。

また、わざとなのか――。

夕生が体を上下に揺さぶるたび、その胸板に真白の胸の先端が擦れていた。頂《いただき》をくすぐるように幾度も撫でられると、ジンジンした痺れが膨らみにまで広がるようだった。

(だめ、こんな、いっぺんに弄《いじ》られたら……っ)

窮状を訴えることも叶わず、真白はまたも弾ける。

「……ッんん、ン――!!」

直後、夕生も動きを止めた。追いかけるように、内側に二度目の精が飛沫《しぶ》く。注がれる熱の気配に、膣道をひくひくと痙攣させながら真白はようやく悟った。

夕生は、真白を染めようとしているのだ。

己、一色に。

「ふ、は……」

唇が離れ、やっと満足に呼吸できたのも束の間だ。

屹立を一気に引き抜かれ、体を裏に返される。腰を高く上げさせられると、絶頂の余韻を残した蜜口からは、生温かい液がトロリと溢れ出した。恥ずかしいと、思う暇はなかった。それを先端で集めるようにして、夕生はまた、屹立を真白の中へと進めてくる。

「あァ、あっ、な、んで……っ」

雄茎は、すでに強直していた。

一度ならず二度も続けて、間を置かずに盛り返してくるなんて普通じゃない。

きっと、こういう人を絶倫というのだと、真白は頭の隅で思う。

それとも、皆こんなふうなのだろうか。夕生以外の男性を知らないから、想像するしかない。

尾《び》てい骨を内からぞろりと擦られ、半ばまで入り込まれると、刺激の強さに腰が落ちる。しかし、すかさず、といったふうにクッションをお腹の下に差し込まれた。

「……動くぞ」

耳もとで囁《ささや》かれたときには、背後からの攻めが始まっていた。

ぐりぐりと背中側の襞を押し上げる刺激に、もはや真白は声も上げられない。ハクハクと口を動かし、息をするが、シーツにしがみつく手には力が入らなかった。

「見えるか」

すると、肩を後ろから引っ張られ、顔を上げるように促される。

言われたようにすると、ベッドの右側にある窓のガラスに、男女の姿が映っていた。獣のように
お尻を突き出した女——真白と、そこに背後から覆い被さった男、夕生。

「まるでラブホテルだな」

クスリと笑われて、ああ、と気づいた。

実家のラブホテルの部屋にあった、ベッドサイドの鏡。こんなふうに使うためだったのだ。

なんていやらしくて、恥ずかしくて、本能に見事に火をつけるのだろう。

「あ……あ」

「目を逸らすなよ」

戸惑う真白に見せつけるように、夕生は真白の中に己を出入りさせる。

腰を引き、打ち戻し、そうされるたびに真白の体が一緒になって揺れるのも、淫靡《いんび》でしかない。

「つや、あ……恥ずかし……いっ」

「そう言いながら、見入っているじゃないか」

「ゆ、夕生さんが、目を逸らすなって……ンぁっ……言った、からぁ」

というのは、言い訳だった。

恥ずかしいけれど、まだ見ていたい。いや、恥ずかしいからこそ、目が逸らせないのだ。

「んぁっ、あ……っ」

垂れ下がった胸を、下からやんわりと掴まれるさまが窓に映る。

先端への刺激が、一瞬あとに追いかけてくる。途端、軽く弾けたのだろう。ビクッと下腹部が痙攣すると、ご褒美のように子宮口に熱が与えられた。

「……ク……ぅ」

「ン、ぅ……も、溢れちゃ……う、う」

「っは……、溢れたからって、なんだ」

俺はまだ足りない、とばかりに首すじに歯を立てられて、目の前がぱっと白くなる。また弾けた、というより、もはや弾けたきりもとに戻れなくなってしまったようだ。内側のひくつきが、ちっとも収まらない。

そして夕生は己をわずかに揺り動かし、また、勢いを取り戻そうとする。

「……その、とろけた顔。たまらない……」

ベッドの揺れが再開したとき、真白は夢うつつだった。

夕生の膝にのせられ、下から出し入れされるさまを窓ガラスに映して見せられた気もするが、定かではない。覚えているのは、ただひたすら、気持ちよかったことだけ。

気を失うようにして眠りに落ちそうになっていると、部屋に備え付けのバスルームへと連れて行かれた。シャワーを浴びて、今度こそ安心して眠れると思ったら、また繋がれる。

「ぁ……う……」

激しく揺さぶられても、ねちっこく中を混ぜられても、最後は声にならなかった。

接続部もとろとろに溢れ、どこまでが夕生でどこからが自分なのか、区別がつかない。ああ、本当にひとつになれたのだ、と靄《もや》のかかった頭で思って、直後に、たとえまたふたつに分かれても、離れはしないと誓い直した。


迎えた朝――。

「うう……」

真白は絶望的な気持ちだった。

腰から下、とくに太ももと膝に力が入らない。

普段使わない筋肉や関節を、一気に使った所為だろう。

ベッドの上で体を起こそうとしても、ままならない。むしろ頭すら動かす元気がない。

これではレセプションどころか、日常生活も危うい。

どうやってシャワーを浴び直せばいいと言うのか。

「おはよう、真白」

しかし隣に横たわる夕生は、余裕綽々《よゆうしゃくしゃく》だ。なんなら、まだし足りないとでも言いたげな顔で「見ろ」と、真白にスマートフォンを差し出してくる。

なんだろう。誰かからの連絡だろうか。レセプションに関して、何か？

寝返りを打つことも叶わず目線だけをそちらにやると、スマートフォンの画面にはニュースの見出しがずらずらと並んでいた。思わず、目を細める。

特筆すべきは、その、一番上。

『ツジクラG御曹司　許嫁《いいなずけ》と結婚発表』――真白は細めた目をそのまま点にした。

「は……い……？」

ツジクラGというのはツジクラホテル&リゾートグループのことにちがいない。

すると御曹司は夕生だ。夕生が結婚を発表。許嫁、つまり真白との。

どうしてニュースになっている？

発表は今夜のはずだ。レセプションでお披露目される予定だっただろう。

報じられるならば、明日以降になるのではないのか。それなのに、何故。

「何を心配しようが、もはや今さらだ。きみについて詳細に、プレスリリースを出した。いわれなき黒い噂に苦しんだ小学生時代の話から、逆境をものともせず可憐《かれん》な女性に育つまで」

「なっ、なんで……いつの間に……っ」

「いつ？　昨夜に決まっているだろう。きみの姿が見えなくなった直後だったか」

「直後!?」

それは周到すぎやしないか。

これからレセプションなのに、自らスキャンダルの種を投下してどうするのか。軋《きし》む体で飛び起きて、スマートフォンを奪い取り『続きを読む』をタップする。

てっきり、あることないことまことしやかに書かれていると思った。

しかし綴《つづ》られていたのは、美しいシンデレラストーリーだった。

幼い頃からいじめられ、待ち侘《わ》びた王子様にはなかなか会えず、両親とも死に別れ……臨場感たっぷりの筆致だ。だからなのか、コメント欄は同情の嵐、決められた結婚でもお互いを大事に思うふたりを賞賛する意見すらあった。

「隠すから探られる。面白おかしく騒ぎ立てられる前に、事実を周知させてしまえばいいだけの話だ。まあ、やや盛ったけどな」

「う、嘘は苦手だって言ってたのに……っ」

「嘘などひとつもない。ただ、腕の立つライターに任せただけだ。どこに問題がある？」

確かに、言われてみれば事実だけしか書かれていない。

これでいい――のだろうか。

本当に？

「とにかく、これできみの懸念は残らず払拭《ふっしょく》されたわけだ」

そしてケロリと夕生は言って、皇帝の笑みを真白に向けた。

「逃げられると思うなよ？」

どきっとした瞬間、腕を引っ張られ、また仰向けに倒される。斜めにのしかかられ、唇を奪われそうになって、咄嗟《とっさ》にその顎を押し返す。

「っ、や……、わ、わたし、もう、これ以上は……」

「何を言う。まだ一日は始まったばかりだ」

「始まったんじゃなくて、終わったんですっ。昨夜がやっと、終わったばかりで……っだめです！

本当に、だめですって、ばぁ……っ」

あえなく両手を封じられ、強引な口づけを受け止めながら、真白は若干後悔していた。

夕生の腕に飛び込むまえに、もっとよく考えるべきだった。彼の側に居続けるということは、この終わりなき官能を一生、この身で受け止め続けなければならないということだ。

しかし真白はあっという間に、夕生の熱に溺れてしまった。

心地よく喘ぎ始めると、これで良かったのだと思わされてしまうから不思議だった。

11　レセプション

デコルテの大きく開いた、黒のロングドレスは新川《しんかわ》が見立ててくれたものだ。

事前に夕生《ゆうせい》が購入しておいてくれたドレスの中でも、ひときわ大人っぽい一着とのこと。

服装に合わせて髪もひとつに結ってもらったから、リムジンのハンドルが切られるたび、くるんとカールした後れ毛が首すじにあたってくすぐったい。

真白《ましろ》がホテルツジクラ東京本館前にたどり着いたのは、まさにレセプションが開始する時刻――午後六時ジャストだった。

(夕生さん、もう会場にいるんだよね?)

正門を素通りし、裏口へと向かうリムジンの中で、ハラハラしてしまう。

夕生とは午後五時半に総支配人室で待ち合わせていたのに、三十分の遅刻だ。

スマートフォンの画面を確認する。夕生からの着信も、遅刻しそうだというメッセージへの返信もない。すでに会場入りしてしまったのだろう。

しかし、もとはと言えば夕生が悪い。

もうできない、といくら真白が訴えても聞かず、午前中いっぱいベッドに繋がれた。おかげで立たない腰はますます立たなくなり、シャワーを浴びるのもひと苦労だった。

まともに準備できたのは、夕生を先に送り出してからだ。

「真白さま、中までお供いたしましょうか」

運転席から新川がそう言ったのは、裏門の手前に野次馬の姿が見えたからだろう。

いや、野次馬だけではない。大きなカメラを持った記者らしき人の姿も見える。皆、リムジンにレンズを向けているところからして、真白目当てだ。

注目されていると思うと、心臓が縮むような気持ちになる。

しかし真白は「いいえ」とかぶりを振った。

「大丈夫です」

膝の上のクラッチバッグをぎゅっと握る。

本当は、怖い。沢本愛《さわもとあい》のように噂好きで嘘を嘘と思わない人たちが、あのカメラの向こうにいるかもしれないと思うと苦しい。

だが、立ち向かおうと決めている。

夕生の隣に立つために必要な通過儀礼なら、どんなことでも受け入れる覚悟だ。

リムジンはざわめく裏門を通り過ぎ、ホテルの裏口へと横付けされる。

待ち構えていたスーツ姿の女性がドアを開ければ、案の定、裏門の外から無数のシャッター音が聞こえてきた。真白さーん、と呼ぶ声もだ。

（大丈夫）

努めて、真白は背すじを伸ばした。

以前、そうするようにと夕生が言ってくれたから。誰にも文句は言わせないという言葉が今、ひたすら心強かった。

胸を張って堂々と、一礼をして見せる。すると、加熱するシャッター音に混じって「結婚おめでとうございます！」という声が聞こえた。

ラブホテルがどうの、と叫んでいる人もいて、やはり、と呼吸が浅くなる。

「あ——ありがとうございますっ」

力を振り絞ってもう一礼し、出迎えに来ていたコンシェルジュの女性とともにホテルに入った。

「大丈夫ですか、奥さま」

「はい」

気遣いをありがたく感じつつも、クラッチバッグを持った手は震《ふる》えている。

「あの、夕生さんはどちらですか？」

平気なふりをして問えば、腕時計を見つつコンシェルジュは言う。

「総支配人はすでに会場です。今頃、開会のスピーチが始まっているはずです」

やはり、だ。業務用のエレベーターで地下まで降り、会場に入ると、案の定、レセプションは始まっていた。薄暗い中、スポットライトを当てられた奥の壇上に夕生が立っている。

「生活とは切っても切り離せない営みの場を、非日常のクオリティで提供する、それがホテルです。ツジクラは創業九十六年、おかげさまで国内外のお客さまから愛される老舗のホテルへと成長いたしました。これからも諸外国はもちろん、国内の人々にとっての心の拠《よ》り所《どころ》となるよう――」

マイク片手に語る夕生は、堂々として揺るぎなく優雅だ。

ベッドの中にいたときとは別人のよう。と言いたいところだが、あまり違いはない。

夕生は夕生。我が道を行く、孤高の人だ。己らしさも己の意見も、すこしも隠そうとしない。捻《ひね》くれているようで実は素直なところを、真白は尊敬しているし、いいな、とも思う。

出逢ってから――主に結婚してから、様々なことがあった。

当初はなんだかとんでもないことに巻き込まれてしまった感覚だったけれど、だからこそ何もかもうまくいったのだと今は思う。

夕生の強引さは、真白にとって救いだった。

夕生が無理にでもこじ開けてくれたから、真白は過去と向き合い、乗り越えられたのだ。

(本当に、感謝してるわ)

会場の隅から遠く、高みにいる夕生を見つめていると、前方で何かがきらりと光った。

床の上。壇上に注目する人々の足もとに、小さなものが落ちている。隣にいるコンシェルジュに伝えようとも思ったのだが、そうしている間に踏まれかねない。

真白はすぐに駆けて行って、それを拾った。

ピンバッジ……いや、カフスボタンだ。招待客のものだろうか。金色の、イニシャルを模《かたど》ったようなデザインのそれは、使い込まれたように傷だらけだ。

「いかがなさいましたか?」

「あ、いえ、落とし物が……」

コンシェルジュの女性にそれを差し出そうとすると、男性がやってくるのが見えた。顎《あご》ひげを短く生やした、アジア人らしからぬ彫りの深い男性だ。左の手首を気にしている。

その右袖に光るのは、真白の手の中にあるものとペアのカフスで……。

「あのっ、もしかしてこれ、探していらっしゃいますか!?」

小声で呼び止めて尋ねると、彼は「シュクラン！」と言って破顔した。アラビア語で『ありがとう』だ。『アマリリス』のアラビア語講座、第一回で習った。

「これ、とても大事なもの。父のカタミです。ありがとうゴザイマス！」

右手を握られ、無邪気に振り回されて、圧倒されてしまう。

「いえ。ええと、どういたしまして……は、アフワン？」

たどたどしく返せば、男性はパッと顔を輝かせた。手を握ったまま、早口のアラビア語で『もしかして同じ言葉が話せるのか』と尋ねられる。

「はい、と言いたいところですけど、ちょっとだけです。ほんのちょこっと、挨拶《あいさつ》程度で……えと、『さよなら』は『マアッサラーマ』でしたっけ」

「スゴイ！　お上手！」

「とんでもないです！　けど、ありがとうございます。ふふっ」

照れながらお礼を言っていると『真白』と唐突にマイクで呼ばれた。飛び上がって振り返れば、壇上の夕生と目が合う。彼は、真っ直ぐに真白を見下ろしていた。

『――真白、こちらへ』

気の所為《せい》か、不機嫌な目つきだ。

察して、真白は男に握られていた手をぱっと引っ込めた。あの表情は恐らく、嫉妬だ。そこで流れるようにコンシェルジュから「壇上へ」と促される。

気づけば、周囲はざわついていた。

波紋でも広がるように徐々に、注目が集まってくる。

裏口にいた野次馬たちの比ではない、視線、視線、視線――。

皆、真白について例のニュースを見たのだろう。さながら、大女優か大犯罪者だ。夕生のいる舞台が遠くに感じられる。いっとき、忘れた震えが手に蘇《よみがえ》ってくる。怖い。

しかし真白は背すじを伸ばして、やはり一礼した。顎を引いて、歩き出す。

(ロングドレスを身につけたときの身のこなしは、マナー講座で習ったわ。まず、姿勢を正す。胸を開いて、ゆったりと、肩をいからせずに視線を前へ。前裾は軽く蹴り上げて、もし踏んでしまっても焦《あせ》らない……)

一歩、もう一歩。

進むたびに、人々は息を呑《の》んで真白に道を空《あ》けた。

とにかく真白は優雅で、まさに夕生の隣に立つためにこの世に現れたような品の良さなのだ。

階段下に着くと、夕生が一段降りて手を差し伸べていた。

小刻みに震える手で掴まって、三段ほどの階段を上る。

『私事ですが、このたび結婚いたしました。妻の真白です』

紹介され、お辞儀をすると、足先の感覚がなかった。

『妻に関しましては、すでに報道されておりますとおり、幼少の頃からの許嫁《いいなずけ》でした』

やけにしんとした、無反応の空気に息が詰まる。脚まで震えて、膝が折れそうだ。

しかし夕生は真白の状態を察しているのかいないのか、マイクをすっと差し出してくる。

「真白からも何か言ってくれ。挨拶だけでもいい。きみの言葉で、何か」

こんな話、聞いていない。だが、そんなことは言えない。

マイクを受け取って、軽く深呼吸する。自分の言葉――目を閉じ、数秒、考える。

頭の中は真っ白に思えたが、遅れて、ぽつぽつと浮かんでくるものがあった。

『は――はじめまして。ご紹介にあずかりました、真白と申します。わたしは……』

わたしは。

瞼《まぶた》を持ち上げ、舞台の縁《ふち》に視線を滑らせる。続く言葉は自然と、唇から溢《あふ》れ出した。

『こんなに華やかな場所に……立てる人間では、ないと思っていました。己の出自を隠し、もう傷つかないように本音をしまい込んで、貝みたいに閉じて潜《もぐ》って、安心していました』

招待客たちはまだ、申し合わせたように静まり返ったままだ。

冷や汗で滑る手で、ぎゅっとマイクを握る。

『安心……しているはずなのに、不思議ですよね。いつも、後ろめたかったんです。己を封じている間は、内心、焦りがずっと追いかけて来ている状態でした』

ふと、右隣から視線が注がれていることに気づいた。夕生だ。

まるで背中を支えられているかのように、頼もしかった。

『変えるきっかけをくれたのは、夕生さんです。彼は同時に、気づかせてくれました。閉じこもっていた貝の中にも、わたしがそれなりに、蓄積してきたものがあったことを』

目を合わせると、夕生はその調子だ、とばかりに小さく頷《うなず》いてくれる。

胸の中、深くに力強く、勇気が灯《とも》るのがわかった。

ほかの誰に否定されても、夕生さえ肯定してくれたら。彼がわかってくれていると、信じられる自分でいられたら、何も怖くない。

会場内を見渡す。

『伝統ある、ホテルツジクラ東京本館の建て替えに関しても、同様であるとわたしは考えます。夕生さんは変わることの意義も、変えてはならないものの価値も、よく知っている人です。いえ、それを確実に見定められるよう、努力してきた人です。どうか、信じて待っていてください。二年後、またこうしてたくさんの笑顔をお迎えできる日を』

最後はひと息に述べると、一瞬の沈黙、のちに会場の後方から拍手が上がった。彫りの深い、ひげの男性……アラビア語で話したあの男性だ。

彼がヒュウっと口笛まで吹いたところで、周囲の人々はハッとしたようだった。

波が広がるように、皆、手を叩き始める。割れんばかりの拍手が、真白に迫ってくる。

(どうしよう、泣きそう……)

すこし前の真白には、想像もできなかった。

これだけ大勢の人の前で、己の意見を述べること。それを受け入れてもらう喜びも。

そこで夕生が「俺よりウケがいいな」とボソリ、清々しそうに笑ってマイクを引き取った。

『これを機に、ツジクラグループ及びホテル業界全体の活性化のため、ますます注力してまいりますので、よろしくご鞭撻《べんたつ》のほど――』

見れば、義母と義父の姿が眼下にあった。ふたりは仲睦《なかむつ》まじく身を寄せ合っており、真白の視線に気づくなり、嬉しそうに手を振ってくれる。

思わず笑顔を返したら、いっそう大きな拍手が沸き起こった。


それから二時間、関係者たちへの挨拶を済ませたふたりは、テラスに出ていた。

レセプションも、そろそろお開きだ。

「お疲れ」

左から差し出されたグラスには、小さな気泡をぽろぽろ上げる薄金色の液体が入っている。

受け取ると、上品だが強めのアルコールが香った。シャンパンだろう。

「夕生さんこそ、お疲れさまでした。建て替え後のホテルの完成予想ムービー、本当に素晴らしかったです。新しくなったお部屋に、わたしも早く泊まってみたいなって思いました」

並んでテラスの柵に掴まると、揃って中庭を眺めた。

正面には太鼓橋のかかった池が、その向こうには崖が聳《そび》えている。滝は裏から水色のライトに照らされて、巨大な水晶に見えなくもない。

「そうだな。俺も楽しみだ」

「ふふ、またあれやりましょう。ホテルの調査シート」

「当然だ」

穏やかに言う夕生の顔には、流石《さすが》に疲れが滲《にじ》んで見える。昨夜はほぼ寝ずに真白を抱き続けたうえ、今日、こうして重大な仕事までこなしたのだから無理もない。

「夕生さんはホテルを改築している間、どこでお仕事をなさるんですか？　別館？」

今後、すこしは楽になるのだろうか。そう思って尋ねた真白に、さらりと夕生は言う。

「いや。俺は現場を去る」

「えっ⁉　総支配人、辞めちゃうんですか……⁉」

「まあな。取締役員に昇格だ。父の下で、しばらくはグループ全体を統括する手腕を学ぶ。と言っても、東京本館リニューアルから手を引くわけではないけどな。いずれ、父の跡を継いでCEOの役を担うための、下準備というやつだ」

「CEO……」

「予想もしていなかったような顔だが」

「……してなかったです」

「あのな。俺は御曹司だと、最初に新川が言っただろう」

もちろん、聞いてはいた。わかっていたつもりだ。夕生が跡取りであること。

しかし夕生が現場から離れる、という状態がどうしても想像できなかった。ホテルマンでなくなる？　信じられない。だって夕生は、現場の仕事が好きでたまらないようだった。

「これも、そういうもの、ですか？」

いたずらっぽく尋ねれば、まあな、と半笑いで返される。

「そういうもの、だ」

投げやりな口調で告げられた言葉に、並々ならぬ覚悟が込められていることを、真白は知っている。言葉がうまくないだけで、夕生は本当はそのためにあらゆる準備をしてきたはずなのだ。

そういう人だ。

（ああ、しあわせだな、わたし）

夢心地な真白の背中に、ホールから笑い声が流れてくる。

ほうっと息を吐けば、滝のほうからいっぺんに湿った風が吹き抜けた。頬が、じわりと水っぽくなる。出発前、メイドたちに気合を入れて塗り込められた肌が、ほっとひと息つく。

「夕生さん」

真白は細長いグラスの脚をきゅっと握り、視線を前方に置いたまま言った。

「改めてひとつだけ、聞いてもいいですか？」

「聞きたいだけ聞け。と言っても、もうお開きだ。どこまで答えられるかわからないが」

「ひとつで充分です」

そう、知りたいことはひとつだけ。

夕生のいる左をチラと見て、真白は思い切って尋ねる。

「わたしのこと、好きですか？」

何を隠そう、真白はまだ、夕生から好きと言われていない。

惚《ほ》れたとか愛しているとか、直接的な愛の言葉は今のところ一度も聞けていないのだ。

「……は……？」

のろりと振り返った夕生は、左手で持ったシャンパングラスをぐらんと揺らす。

中の液体が、今にも溢れそうだった。慌《あわ》てて掴んで、寸前で阻止したが。

「大丈夫ですか、夕生さん」

「だ、大丈夫も何も、きみ、聞きたいのはそんなことか」

「そんなこと、じゃないですよ！」

大事なことだ。

そもそも真白は、夕生がいつから、どうして真白との結婚を望んでいたのかということも知らない。せっかく素敵な夜なのだから、教えてくれてもいいと思う。

「夕生さん、わたしだから結婚したかったって言ってくださいましたよね。好きだから、結婚したいと思ってくださったんですよね？　いつからそう思ってくださっていたんですか？　もしかして、初めて会ったあの日からですか？」

「あ——阿呆《あほう》。未成年に惚れたら犯罪だ」

「想うだけなら犯罪じゃないですよ。じゃあ、そのあとにも会ってたりしますか？　わたしが覚えていないだけで、夕生さんの気持ちが動くような出来事があったとか」

「ない」

むすっとした夕生は、もはや何を聞いても否定しそうだ。人間ですか――違う、と。

「だったら、いつなんですか。いつ、どうやって好きになってくれたんですか。わたしのこと、どう思っているのか、ちゃんと言葉にして教えてほしいです」

「質問を増やすな」

「……もしかして、本当は好きじゃないんですか、わたしのこと」

「どうしてそうなる」

「だって」

だって。

子供っぽく頭の中で繰り返して、真白は恨めしく夕生を見つめる。

本当は、愛されていることはわかっている。想われていると、実感できている。

それでも、どうしても。

「……聞きたいんです。夕生さんの口から、きちんと、好きだって」

一度くらいは言ってほしい。

すると夕生は仏頂面《ぶっちょうづら》に気まずさを塗り重ねたような顔で、すいっとそっぽを向いた。

「きみだって言ってない」

「言いましたよ！　昨日、一回だけですけど」

「聞こえなかった」

「嘘つき……！　じゃあ今、言います。好きです。夕生さん、好き。大好きですっ」

「心がこもっていない」

「もうっ、屁理屈！」

まったく、一筋縄ではいかない。

今夜は諦《あきら》めようと、真白がシャンパンを自棄《やけ》になって呷《あお》ったときだ。

顔だけ他所《よそ》に向け、夕生はテラスの柵に右腕で頬杖をつく。左手にはシャンパングラスをぶら下げ、ついでと言った感じに、ぼそっとこぼす。

「……だよ」

滝の音に消されてしまいそうなほど、かすかな声だった。

え、と思わず聞き返す。

夕生はやはり真白を見ない。

顔を不自然に背《そむ》けたまま、夕生はどうとでもなれとばかりに言う。

「好きだよ。俺は真白が好きだ。いつからなんてはっきりと言えるか。自然と、いつの間にか、気付いたときには惚れていたんだ」

水色のライトに照らし出された、その後頭部。

冴え冴えと美しいうなじとは対照的に、耳全体が腫《は》れぼったく高潮していた。

どこかで見た、と真白は思う。ああ、そうだ。婚姻届に記入させられた夜。名前を初めて呼んだときも、こんな反応をしていたのだった。

バツが悪い？　いや。

吸い込まれるように手を伸ばし、真白は夕生の肩を叩いた。どんな顔をしているのか、知りたかった。しかし振り返ってはもらえず、痺《しび》れを切らして向こう側に回り込む。

「……悪かったな、不慣れで」

低く吐き捨てた夕生は、顔中を真っ赤に染めていた。

壇上でマイクを持っているときにも見せなかった、わかりやすい照れ顔だった。

「こうなるから嫌だったんだよ」

全身で好きだと言われているようで、くすぐったくも嬉しくなってしまう。

「ふふ」

「笑うな。くそ、二度と告白なんてするか」

「えー、もう一回聞きたいです。言ってください、好きだって」

「調子に乗るな」

「乗ったっていいじゃないですか。だって嬉しいんですもん。ね、もう一回！」

「おい。あまりしつこいと、抱き潰すぞ」

脅《おど》しかけるように言われたから、真白は笑顔のまま「いいですよ？」と応《こた》える。

正直、体はきつくても夕生に抱かれるのは嫌いじゃない。本音を言えば、好きだと思う。ただし、翌日に仕事がないときに限るけれど——。

「後悔させてやる」

苦々しい顔で言った夕生が、スポーツ紙を抱えて屋敷に戻ってくるのは翌日だ。

そこにはイブニングドレス姿の真白の写真とともに、アラビア語まで堪能な聡明なシンデレラ、との見出しがあった。どうやら昨夜、レセプションでの出来事を記者に話した人がいたらしい。

アラビア語は堪能ではないし、聡明でもない。否定したいと真白は思ったが、直後に思い直した。事実でないのは今だけ。これからたくさん勉強して、事実にしてしまえばいいじゃないか、と。


それから——。

真白は一か月後、『アマリリス』の退職を決めた。職場に不満があったわけではないのだが、勉強に本腰を入れるため、そして夕生を支えることを第一に考えて、決断した。

おばさま軍団には寂《さび》しがられたが、夫の為です、と伝えると理解してくれた。

今後は、生徒としてスクールに通う予定だ。

「夕生さん、こっちです」

そしてふたりは再び、真白の実家を訪れた。

黄色い輪菊に白いスプレー菊、百合にカーネーション、桔梗《ききょう》……ふたつの花束をそれぞれ持ち、自宅裏から細道を延々と行く。大通りとぶつかったところで歩道橋を渡れば、立派な石畳の参道が見えてくる。渡守《ともり》家の菩提寺だ。

「お父さん、お母さん、ただいま」

墓石の前で手を合わせると、後ろで夕生も手を合わせたらしい。

「お久しぶりです。ご挨拶が遅くなり、申し訳ありません」

墓前に参りたいと言い出したのは夕生だった。結婚の報告をきちんとしておきたい、と。

仏壇に手を合わせてくれたのだからいいと真白は言ったのだが、思えばこの一年、墓参りも墓の手入れもしていない。それに、真白だって夕生の妹に挨拶をしたいと思った。

このあと、辻倉《つじくら》家の菩提寺にも立ち寄る予定だ。

「ラブホテル、どうするか決めたのか？」

夕生が言う。がさがさと花束の包装を解きながら。

「はい」

真白は線香に火を灯しつつ、しっかりと頷く。

「近々、実家と合わせて取り壊すつもりです。予算が限界ですし、管理してくれている伯父、伯母も高齢ですし。周辺地域の治安のためにも、更地にして売却するのがいいかなって」

「それでいいのか？」

「いいんです。夕生さんと内部を見学できて、踏ん切りがつきました。それは……本音を言えば、すこし寂しいですけど」

遅かれ早かれ、決断はしなければならなかった。

結果は決まっていたのだ。直視する勇気がなかっただけで。

するとと、夕生は「だったら俺に売れ」などと言う。

「売るって……ホテルをですか？　土地を？」

「ホテルを、だ。改修して、もう一度ラブホテルとして営業する」

「えっ⁉」

「グループに加えるのではなく、俺の副業としてだけどな。試算してみたところ、うまくやれば採算は取れる。目玉になる施設を室内に設けるとか、全体としてアトラクション化するとか。駅から距離があるぶん、車で寄りたくなる仕掛けを作るとか、やりようはいくらでもある」

真白は振り返り、ポカンとしてしまう。

夕生はこれからCEOの見習いとして、忙しくなるのではなかったのか。副業なんてしている暇があるのか。いや、だが、夕生ならこなせてしまいそうな気もする。

そしてそれを、支える心構えだってできている。

「なんだ」

視線に気付いて、夕生は眉を寄せた。

「きみが言ったんだろう。俺を信じろ、と。俺は、変わることの意義も、変えてはならないものの価値も、よく知っている人間なんじゃなかったのか」

「……あ……」

「それとも、きみがやってみるか？　ラブホテル経営。改修は俺がしてやるから」

挑戦的に微笑まれ、真白はちょっと笑ってしまう。それでは、仕事を辞めた意味がない。夕生を支えることを疎《おろそ》かにするのだけは、避けたい。

だが、面白そうだと思った。

単純に、やってみたら楽しいかも、と。

「考えてみますね」

もう一度両親に手を合わせてから、来た道を戻る。

ロングスカートの裾に足を取られ、もたついていたら、前方から「真白」と呼ばれた。少々焦《じ》れてはいるが、赤ん坊をあやすように、気遣わしげな声色で。

途端、真白は不思議と、あるべきところに収まったような感じがした。定めていたゴールに、いつの間にか辿《たど》り着いていたような。青い鳥を、手の中で見つけたような。

ずっと待っていた気がする。

こんなふうに、名前を呼ばれる日を。

そう、この世に生まれ落ちたばかりの、無垢《むく》な魂の頃から。

番外編　約束の薬指

渡守《ともり》家の自宅の取り壊しが始まったらしい。

真白《ましろ》からそう聞かされたのは、結婚を公《おおやけ》にしてから一年近くあとだった。

窓の外は雨だ。

霧吹きで振り撒《ま》いたような、繊細な雨粒が屋敷の庭をしっとりと濡らしている。

風もなく、静まり返った空気の中、樫《かし》の枝葉がふいに揺れ動いた。犯人は小鳥なのか雨垂れなのか――なんとなく頭半分でそんなことを考えながら、夕生《ゆうせい》は書斎のデスクにつこうとする。

と、廊下から忙しない足音が聞こえてきた。

「夕生さん、いらっしゃいますか⁉」

ノックの音と同時に聞こえてきたのは、真白の声だ。

ああ、と短く応じれば、扉が開き、真白が書斎に飛び込んでくる。

リラックスしたカシュクールワンピース姿の彼女は、珍しく息を切らしている。垂らした髪のひと束が頬に汗で張り付いていて、急ぎここまでやってきた様子が窺えた。

「どうした？　何かあったのか」

「これっ！　これ、見てもらえませんか？」

慌《あわ》てた様子で差し出されたのは、厚みのない紙袋だった。ライオンやらキリンやらがプリントされた、赤っぽい縦長の。よく見れば下のほうには写真館と印字されている。

「写真？」

「はい。というか、厳密に言うとフィルムだけ、です。実家から引き揚げてきたノートがあったじゃないですか。ラブホテルの雑記帳みたいな。さっき整理してたら、その中から出てきたんです」

真白の実家のラブホテルの部屋に置かれていたノートを、屋敷へ持ち帰ってきたのは結婚発表前だ。真白の、両親の遺品整理をしたとき。つまり、もう一年以上前の話になる。

「何が写っているのか、確認したのか？」

「はい。それで、夕生さんにも見ていただきたくて」

促されるまま、赤い紙袋の中から薄い封筒を取り出す。封を開けると、茶色っぽいフィルムが入っていた。薄い半透明の袋に一枚ずつ差し込まれて、合計五枚。

フィルム式のカメラなど使ったことがないから、一瞬、どうしたものかと夕生は思う。スキャナでパソコンに移すべきか。あるいは写真屋に持っていくべきか。いや。

フィルムを一枚取り出し、窓に向かって掲げる。

途端、雨空の柔《やわ》らかな光が、小さな四角の中にぱっと色を飛ばした。

「……これは」

小さいうえに色彩も反転していてわかりにくいが、写っているのは若い夫婦らしい。

腹の大きな女性と、その腹に手を当てている男性。あるいは、病院のベッドらしき場所で生まれたての赤ん坊と添い寝する妻――もしや。

「真白の両親の写真……？」

「そうです。わたしが生まれたときの写真です。一番右、見てみてもらえませんか」

細い指に示されたところを覗き込み、直後に夕生は息を呑《の》んだ。

少年が赤ん坊を抱いている。別のマスでは、母親に添い寝されていた赤ん坊だ。

一センチにも満たない肖像だが、見間違えるはずがなかった。女児と見まごう、華やかな顔立ちの少年。これは幼い頃の夕生だ。すると、この腕の中にいるのは……。

「俺が、真白を初めて抱いたときの写真か」

「そうなんです！」

驚きに、夕生は目を見開いた。あの瞬間が、よもや記録されていようとは。

聞けば、真白のほうも、こんな写真があったとは知らなかったという。

「たぶん、現像した写真を事務所で従業員たちに見せている間に、ノートの隙間に紛れてしまった……とかだと思います。写真のほうも、あるとしたらわたしに見覚えがあるはずですし、同様に紛失してしまったんじゃないでしょうか」

そのとおりだろうと、夕生も思う。

こんな写真があるならば、真白の両親は「彼が婚約者だ」と早々に真白に見せていたはずだ。そうしなかったということは、紛失していたか、忘れていたかのどちらかだ。

しかし、実家が取り壊され始めた日にこれが発見されるとは、数奇というか奇跡というか――。

「知らなかった。撮られていたんだな、あの瞬間」

「記憶にないですか？」

「ああ。だが、おまえを抱いたことは覚えている。猫のようにふにゃふにゃして、そのくせやけにずっしりと重くて……生き物というより、剝《む》き出しの命という感じがしたな」

可愛《かわい》い可愛いと看護師たちは連呼していたが、その感覚は当時の夕生にはいまひとつよくわからなかった。なにせ、腕の中の赤子はエネルギーの塊《かたまり》だったのだ。生きようという強い意思だけで、そこに存在しているようだった。声を上げて泣く姿には、うっすらと畏怖《いふ》を覚えたほどだ。

それでも、なんだか愛《いと》おしかった。

守ってやらなければならない存在だと、漠然《ばくぜん》と思った。

「実を言うと、俺はこのとき、おまえの笑顔を見そびれているんだ」

夕生の言葉に、驚いたように真白が目を丸くする。

「えっ、そうなんですか？　でも両親たちは、泣きっぱなしだったわたしが夕生さんの腕の中で泣き止んで笑ったから、許嫁《いいなずけ》にしようと決めたって……」

「ああ、まあ、そうなんだけどな。笑うと言っても、この時期の赤ん坊が笑うのは愉快だからじゃないだろう。顔がにこっとするだけで、前触れもなかったから見逃して、だな」

真白の両親も夕生の両親も、揃って「赤ちゃんが笑った」と沸いたように盛り上がっていたが、見逃した夕生は完全に置いてけぼりの気分だった。

こっちは万が一にでも落下させまいと必死なんだぞと――むしろ恨めしく思っていたくらいだ。

「だからか、許嫁とか言われても余計に現実味がなかったんだよな」

半分独り言のように呟《つぶや》けば、真白はふふっと肩を揺らして笑った。

「そうでなくても突拍子《とっぴょうし》もないですよ。こんな生まれたての子と、小学生を許嫁にするなんて」

「だな。完全に同意する」

「わたしたち、両親に対してそこをもっと憤ってもよかったですよね。子供の人生を勝手に決めるな、いい迷惑だって。そうしたらわたし、あんなに長くわだかまりを持つこともなかった気が……や、うーん、やっぱり今のナシです。撤回します」

「何故だ？」

「小学生の頃のわたしは、何度も許嫁の存在に救われたんです。いつか王子さまが迎えに来てくれるから大丈夫だって、そう思えるだけで心強かったから。それに……」

途端に口ごもった真白を、夕生は掲げていたフィルムを下ろして見る。どうしたのかと思えば、彼女はそわそわとつま先を擦り合わせ、落ち着かなくなっている。

「なんだ。そこまで言ったなら全部言え」

「でも」

「いいから」

焦《じ》れったくなって、窓の前に追い詰める。両手を窓枠に置き、さりげなく閉じ込める。

そこで真白は観念したらしい。チョロくてごめんなさい、とボソボソ前置きしてから言う。

「その、わたし、わりとすぐ……好きになってしまったので、夕生さんのこと」

意外な言葉だった。

てっきり夕生は結婚当初のことを、完全にしくじったと自分では思っていた。有無を言わせず籍を入れたし、強引に抱いた。それでも真白が嫌がらないのは、本音を口に出すのが苦手だからに違いないと考えていた。

それだけではなかったということなのか。本当に？

「すぐって、いつだ？」

「え、えっ？　すぐは――すぐですよ」

「籍を入れる前か？　ラブホテルに行ったあたりか？　それとも誕生日祝いをした頃か？」

「そんな、厳密にはわからないです。気づいたときには、もう惹《ひ》かれていて」

「きっかけはなんだったんだ。何もなくて好きになるわけがないだろう。はっきり言え」

「それは、その、ええと、多分、夕生さんがラブホテルのこと、嫌がったり馬鹿にしたりせずに、当たり前のものみたいに言ってくれて……それから」

そこまで焦《あせ》ったように言い返した真白は、ふと、気づいたように目を丸くする。そして唐突にぷーっと噴き出し、くすくすと笑い出した。

「どうして笑う」

「だって。このやりとり、以前もしましたよね。わたしと夕生さん、立場は逆でしたけど」

レセプションの夜の話だろう。言われてみれば、その通りだ。まったく進歩がない。

つられて夕生も噴き出すと、真白はますます可笑《おか》しそうに肩を揺らす。

かすかに紅潮した頬が、桃の花のように可愛らしかった。

顔をいたずらに近づければ、真白は背後を気にする仕草を見せる。窓の外で誰かが見ていたら、とでも心配したのだろう。しかし直後、外は雨だと思い出したらしい。

ゆるゆると、瞼《まぶた》を下ろした。

応《こた》えてやんわりと唇を重ね、夕生は思う。

(今は、俺だけのものだ)

最初は見逃してしまったが、今は。

いや、これから先もずっと。

真白の笑顔は夕生のすぐ側《そば》にあって、夕生の手の届くものになった。叶うことなら、一日たりともその笑みを絶やさないよう。永く互いに笑い合えるよう、支え合っていけたらいい。

「……わ、夕生さん、これ……！」

真白が声を上げたのは、スキャンしたフィルムの画像がモニターに映し出されたときだ。見れば、幼い夕生の手もと——左手に、小さな小さな手がある。その細い指はまるで独占して離さないといったふうに、ぎゅっと少年の薬指を握り締めていた。

あとがき

初めまして又はお久しぶりです。斉河です。お手に取ってくださって、ありがとうございます！

今回は、わりとスタンダードかつシンプルな突発的結婚モノだったと思うのですが、いかがでしたでしょうか。ヒロインの実家がラブホだったりはしますが、ヒーローは変態でもストーカーでもなく、価値観ズレてるだけの普通のツンデレかなと……！（普通とは）

以前ストーカーヒーローの過去を書いた際、ツンツンしまくる描写がとても楽しかったので、今回に（少しですが）反映してみた格好です。楽しんでいただけたら幸いです。

最後になりますがワカツキ先生、可愛らしいイラストでカバーを飾ってくださってありがとうございました。そして毎度粘り強く完成まで付き合ってくださる編集さま、他レーベル及びコミカライズでもお世話になっている出版社さま、デザイナーさま、書店さま……諸々関わってくださった皆々さまに心からの感謝を捧げます。

また、ご縁がありますように。

二〇二三年　五月吉日　斉河燈

ルネッタブックス

御曹司の溺愛は傲慢で強引なのに甘すぎる

いきなり新妻にされました

2023年6月25日　第１刷発行　定価はカバーに表示してあります

著　者　斉河 燈　©TOH SAIKAWA 2023
発行人　鈴木幸辰
発行所　株式会社ハーパーコリンズ・ジャパン
東京都千代田区大手町 1-5-1
03-6269-2883（営業部）
0570-008091　（読者サービス係）
印刷・製本　中央精版印刷株式会社

ISBN978-4-596-77480-4